浙江有意思

"浙江有意思"系列

总策划　王　寒

嘉兴有意思

杨自强 著

浙江工商大学出版社

作　者　简　介

杨自强

　　资深报人,文学中年。大名自强,以"君子自强不息"自勉也;网名"舒丹子",以"书呆子"自嘲也。好读书然不求甚解,常作文而泥沙俱下。爱江南、爱嘉兴,在嘉兴小桥流水、人文风情中寻找精神滋养、创作灵感。

嘉兴日报报业传媒集团副总编
嘉兴市作家协会主席

代表作有:
《风骨化沉香》
《一生一个字》
《将相本无种》
《冷眼热肠》
《学贯中西:李善兰传》

1

嘉兴水网密布，河道纵横，家家临水，户户枕河。嘉兴的地名中，多有带水的，有湖、河、浜、泖、荡、漾、泾、港、滩、溇。如果嘉兴是个人，那他五行一定不缺水。

这许许多多的小湖小河中，最有名的，当然是一浜一湖。

一浜是马家浜，人类文明的曙光在此升起。

一湖是南湖，中国革命的航船由此启程。

有道是：常来嘉兴，不忘初心；红船领航，继续前进。

2

在波澜壮阔的革命、建设历程中，诞生了许多伟大精神：如长征精神、井冈山精神、延安精神、西柏坡精神；如大庆精神、焦裕禄精神、小岗精神；等等。

然而，这些伟大精神都有一个共同的源头，那就是——"红船精神"。红船精神，源于嘉兴南湖的那艘红船。红船精神，是中国革命精神之源。

来来来,一起重温一下红船精神:

开天辟地、敢为人先的首创精神;

坚定理想、百折不挠的奋斗精神;

立党为公、忠诚为民的奉献精神。

3

嘉兴的南湖红船,曾四次登上纪念邮票。一条小船四登"国家名片",怕是绝无仅有的吧。

1991年7月1日,为纪念建党七十周年,中国邮政发售了两枚一套的邮票,其中一枚就选用了南湖红船,名为"中共'一大'南湖会议会址"。

1999年12月31日,中国邮政在世纪之交推出一套邮票"世纪回顾",其中一枚名为"中共诞生"的票中票上便印着南湖红船。

2007年10月15日,党的十七大召开当日,中国邮政发行"中国共产党第十七次全国代表大会"纪念邮票,一套两枚及小型张一枚,其中一枚"一大会址"即选用了南湖红船。值得一提的是,这套邮票上的南湖红船照片,正是嘉兴的一位摄影家拍摄的。

2014年9月20日,中国邮政又发行了一组以"中国梦——民族振兴"为主题的邮票,一套四枚,其中一枚还是"南湖红船"。

4

有一年年底,作家黄亚洲带着他的长篇小说《红船》来嘉兴做讲座。黄亚洲是嘉兴的第一任作协主席,跟嘉兴有着颇为深厚的渊源。说起创作《红船》的缘由,他说,当年在嘉兴下乡时,就一直"关注这条不同寻常的红船","走在嘉兴的街巷间,耳边都是橹声"。他又说:"红船的水声,一直响在我心间,不曾稍停。"

于是,就有了这部长达六十多万字的全面展示红船精神历史内涵的文学著作。

这就是红船的感召力,这就是红船精神的感召力。

南湖红船

5

嘉兴是浙江的"富农"。

说"富农",意思是算不上顶富,但比较富。说"富农",更是说,嘉兴的农民是最富的。据 2018 年的统计数据,2017 年嘉兴农民人均可支配收入 31436 元,位居浙江省第一。那 2016 年呢? 也是第一。

嘉兴有意思

2015年呢？还是第一。嘉兴连续14年农民人均可支配收入列全省第一。要知道这是在浙江省呵。浙江省，可是个连续33年农民人均可支配收入居全国第一的省。嘉兴当之无愧是第一中的第一。

以前，许多嘉兴人挖空心思要"农转非"。现在，许多嘉兴人要想办法"非转农"。

6

嘉兴之美就像是一首元散曲，轻松，随意，自在，世俗，略有点幽默，当然文采也是斐然的，还有点慵懒的自在，虽然不是高大上，却自有分寸。

所谓宜居，就是这样子的吧。

嘉兴像一个穿着碎花旗袍的美丽少妇，精致闲适，不温不火，悠悠然走在细雨的弄堂里。也许并不惊艳，却很耐看，干净周正，温润如玉。

这种女子最适合娶回家中，安安静静地过一生一世。

7

嘉兴这地名，说起来，跟一个半皇帝、半个太子，还有一种水果很有点干系。

春秋时，嘉兴称为槜李。槜李是嘉兴特有的一种水果，因为实在太好吃太有名了，就把产地叫作槜李。以一种水果来命名一个地方，不多见吧?

到了秦时,这里又称为"由拳"。由拳据说从"囚倦"音转而来。当年秦始皇东巡,术士说此地有皇气,几百年后将出天子。秦始皇就征发十万囚徒,在这里掘沟以断皇气,并把此地叫作"囚倦"。

到了三国时期,由拳这地方"野稻自生"。没人播种,就长出了稻谷,这在农业社会里绝对是祥瑞。吴大帝孙权高兴之余,在黄龙三年(231)把"由拳"改为"禾兴"。孙权三分天下有其一,只能算是半个皇帝。

又过了十一年,孙权的儿子孙和被立为太子,"和""禾"同音,要避讳,于是把"禾兴"改为"嘉兴"。孙和的太子之位不久被废,但嘉兴之名已定了下来。

8

嘉兴之名,"嘉"有美好、吉庆、欢乐、赞许等意思,"兴"有旺盛、发动、上升等意思,确是个好名字。20世纪七八十年代,施行了一阵子"第二次简化字方案","嘉"简化成了"加",嘉兴成了"加兴",这让嘉兴人十分不爽:加减乘除,这算什么名堂?

现在四十上下的嘉兴人,有不少叫"加华""加康""加明""加祥""加清"的,其实应该是"嘉华""嘉康""嘉明""嘉祥""嘉清",只因报户口时写了个简化字"加",就这么一直用过来了。想想看,"嘉祥""嘉康"多美好,"加祥""加康"简直不知所云。

嘉兴著名的企业"加西贝拉",当年是跟西班牙合资的,据说原来是叫"嘉西贝拉",一不小心在申报时写了个"二简"字,从此就没法改了。

9

一位嘉兴市的领导,说起嘉兴,也就三个字:小平好!

小,是嘉兴地方小,3915平方千米,从嘉兴市区到任何一个县(市、区),半个小时车程。

平,是嘉兴地势平坦,社会平安,发展平稳,当地人性格平和。

好,是鱼米之乡,经济富庶,风调雨顺,所辖五县市全部进入全国百强县,真正的好地方。

10

都知道"上有天堂,下有苏杭",我们嘉兴人轻轻地补了一句——"上有天堂,下有苏杭,嘉兴在中央"。如此一来,"need just word, word has word"(你的就是我的,我的还是我的),放在古代,这叫"借景",放在当下,这叫"互联网思维"。

11

说起互联网的商业模式,有所谓"B2C""B2B"之类,而世界互联网大会·乌镇峰会,就是一个C2C。

世界各地的政要和互联网大佬来到了中国乌镇,这叫"Come to

China"；高科技产品从这里走向用户，这叫"Come to Consumer"；世界互联网巨头在这里协商沟通、合作共赢，这叫"Come to Consensus"。

12

东半球最豪华的晚宴在哪里？我来告诉你，是在乌镇西栅景区的一家民宿，编号51—52，时间是在2015年12月第二届世界互联网大会期间，够清楚了吧。

这豪华晚宴，酒是绍兴黄酒，菜是当地土菜，比如红烧羊肉、酱鸭、白水鱼，比如茭白肉丝、茄子、青菜响铃。请客的主人还挺抠门，自带了猪肉、鸡肉。这主人的名字也挺普通，叫什么丁磊。

等等，丁磊，不会是那个网易CEO丁磊吧？

哎哟，就是他啦，请客吃饭还自带猪肉的，除了边做互联网边养猪的丁磊，还有哪个丁磊啊？

来吃饭的是哪些人呢？我给你数数，百度董事长李彦宏、腾讯董事长马化腾、搜狐董事局主席兼CEO张朝阳、联想集团董事长兼CEO杨元庆、新浪总裁兼CEO曹国伟、携程CEO梁建章，还有一个小米科技董事长雷军，互联网业的大半壁江山全在了。

杨元庆喝得兴起，还发了三张照片一条微博："晚上的乌镇互联网峰会。大家品尝了丁磊自己养的猪肉，以及螃蟹和绍兴黄酒。马化腾最能喝，最能劝酒。张磊和张朝阳大谈养生之道。曹国伟揭秘他当年如何错失雅虎（杨致远）。"

这些老板的公司市值，加起来总有人民币几万个亿，这算不算东半球最豪华的阵容了？往来无白丁，谈笑有鸿儒，这才叫"豪华"！

乌镇互联网大会

13

沉着的老蓝布上星星点点地撒着几朵白花，这就是蓝印花布。蓝印花布为什么在嘉兴流行？我想，是因为蓝印花布"很嘉兴"。

它像嘉兴的小镇，青石板下一湾清清的河水。

它像嘉兴人爱吃的马兰头炒春笋，清香、清爽。

它像嘉兴人住的老房子，粉墙黛瓦，幽静、悠远。

它像嘉兴人向往的书斋生活，浅白的线装书和青瓷的文玩。

它像嘉兴人的性格，既像靛蓝一般老于世故、沉稳安静，又像小白花一样脱颖而出、轻快潇洒。

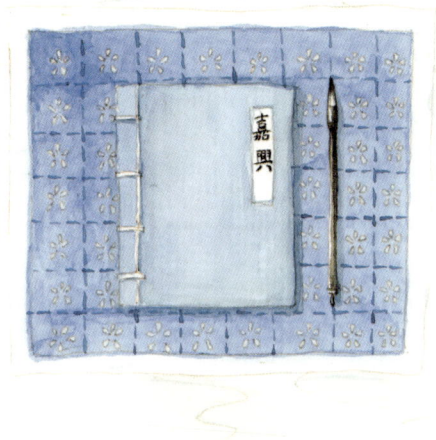

嘉兴外表是一块蓝印花布，里子透着一股书卷气

14

　　嘉兴有一种"花"，随时可听见，却总是看不见；每个人都在说，却从不拿出来；一年四季都在开，却从来不凋谢。

　　这种"花"，就是蚕花。

　　在嘉兴的风俗中，蚕花无所不在。庄重的有迎蚕花、请蚕花，家常的有扯蚕花、戴蚕花、焐蚕花，热闹的有轧蚕花、点蚕花、唱蚕花。蚕花有菩萨，蚕花有生日，蚕花有灯，蚕花有蜡烛，蚕花有铜钿。见面打招呼说好话，是"今年蚕花廿四分"，甚至大姑娘的胸脯，也是

"蚕花奶奶"。

其实,"蚕花"根本不可能有一个准确的解释,但人人心中都知道,如果一定要说,那蚕花就代表着人们对美好生活的向往。

蚕花娘娘

15

鲁迅先生在《北人与南人》中有一段话:"相书上有一条说,北人南相、南人北相者贵。我看这并不是妄语。北人南相者,是厚重而又机灵;南人北相者,不消说是机灵而又能厚重。"

嘉兴自然说不上是南人北相,但是地处"吴根越角",正是吴越两国的交界之处,可说是越人吴相,也可说是吴人越相。

事实上,嘉兴人的性格还真有这么点影子。既有钱江大潮一般的刚猛,又有小桥流水一般的优美,既有越人的慷慨激昂,又有吴人的悠然自得,正如鲁迅先生所说是"机灵与厚重"相兼。

鲁迅先生接着说:"昔人之所谓贵,不过是当时的成功。而现在,那就是做成有益的事业。"嘉兴人做成了那么多的事业,看来还真不是偶然啊。

16

两千多年前,范蠡带着西施,从嘉兴泛舟,最后归隐于苏州。

在我看来,这似乎是一个寓言,喻示着苏州是最后的归隐之乐土,而嘉兴,是最初之起点。

试看苏州,拙政园、网师园、沧浪亭、退思园,无不是功成名就之后的诗意栖居处。

而嘉兴呢?茅盾、丰子恺、徐志摩、王国维、李善兰、张乐平、朱生豪、木心,无一不是在他们的青年时代,走出嘉兴,在上海、北京等大都市成就一番事业。嘉兴,以文化的乳汁哺育他们成长,让他们冲进滚滚红尘去达到人生的顶峰。

嘉兴最伟大的一次出发,是在 1921 年,中国革命的航船从南湖起航。

17

  嘉兴的海宁不是畜牧产区,却有全国最大的皮革市场。嘉兴的嘉善并无森林,却成为木业大县。嘉兴的桐乡不是羊毛产区,却建成了世界最大的羊毛衫集散中心。嘉兴的海盐没有钢铁厂,却有响当当的紧固件产业,"铁海盐"名副其实。嘉兴的平湖棉花资源并不丰富,却是全国闻名的服装大县。

  这种"两头在外"的做法,嘉兴的学者发明了一个高上大的称呼,叫"零资源经济"。不过我以为还不如"无中生有"来得响亮。"无中生有",这是三十六计中的一计,多深入人心。

MADE IN JIAXING

嘉兴的"零资源经济"

18

"要想富,先修路",嘉兴人对于修路的热情一直很高。想当年火车当家的时候,嘉兴火车站点隔几十里甚至十几里一个,海宁一个县,境内竟有——慢,我来数数——硖石、双山、庆云、斜桥、周王庙、长安、许村七个火车站,绝对是全国第一。现在高速公路当家了,嘉兴境内,就有八条高速公路。

19

我们嘉兴人最讲"五湖四海"了。

这话怎么说?请看,嘉兴市区有"天心湖",据说是当年秦始皇让死囚挖的,湖中水草不生,大旱不干。有"范蠡湖",传说当年范大夫与西施曾在此暂住,由此发棹而泛五湖。有"胭脂湖",说是当年西施在这里梳妆,胭脂水倒入湖中,湖水呈五色。有"锦带湖",因湖如玉带环抱府治而得名。有"宝带湖",在市中心,故又称"市心湖"。这是五湖。

又有四海。有"觉海寺",始建于宋朝。有"湖天海月阁",在市区金明寺内。有"澄海门",乃是嘉兴的南门。有"澄海桥",位于澄海门东南的通济河上。清乾隆年间(1736—1796),嘉兴人项映薇的《古禾杂识》中就有"五湖四海"的说法。

都说嘉兴人包容性强,不欺生,原来是有缘由的。

20

嘉兴有三样土特产,五芳斋粽子、南湖菱和文虎酱鸭。

有人说了,嘉兴人就是这样,像粽子一样牢牢捆住自己的手脚,像南湖菱这样没有棱角,像文火(嘉兴话中,"虎""火"的读音相同)这样不温不火。

嘉兴人说了,我们嘉兴就是这样:像粽子一样裹得紧紧的,富有凝聚力;像南湖菱这样一团和气,不与人斗气;像文虎(火)一样,坚韧持久,可持续发展。

细细想来,都有道理。

我们和气生财

我们"万粽一心"

慢就是稳,稳就是快

"嘉兴三宝"

21

嘉兴人的实诚，从其标志性食品——粽子上可见个大概。

粽子完全当得起"温柔敦厚"四字考语——触手温润，口感绵软，这是温柔；外形平凡，品质憨实，这是敦厚。倘若孔夫子吃到，或许也要曰上一句："温而不烫，柔而不烂，敦而不沉，厚而不笨，发乎情，止乎礼，深得中庸之道真谛矣。"

粽子喜欢实话实说：里面是排骨，它就叫排骨粽，不叫"骨肉情深粽"；里面是栗子，它就叫栗子粽，不叫"金种子粽"；里面是豆沙，它就叫豆沙粽，不叫"红得发紫粽"；即使里面东西很多，也只是"八宝粽"，而不会夸张地说是"百花齐放粽"；里面是火腿呢，它老老实实就是火腿粽，决不会自轻自贱地号称"跟你有一腿"；肉粽还叫肉粽，并且实实在在地标明这是大肉粽，那是中肉粽。这份实诚劲，深得"大道至简"之旨了。

22

别人大起的时候，嘉兴人不大起；别人大落的时候，嘉兴人不大落。嘉兴人总是这么稳稳妥妥的，很少给人惊喜，但从不让人失望。

嘉兴人一般见面不会太热情，不会自来熟。一顿酒喝下来就勾肩搭背称兄道弟的，那种不会是嘉兴人。嘉兴人交朋友，比较慢热，但一旦成了朋友，那就是朋友，会很长久。

嘉兴有意思

　　浙江省广电集团的一位编导曾对我说,很喜欢跟嘉兴的部门单位合作。他们说几月几号做好,不用催,到时一定会给你;如果来不及,他们一定提早几天告诉你,因为什么什么,所以推迟到几月几号。如果他们做不到,他们肯定一开始就会说,这不行。那就是真不行的,不用多说,说再多也还是不行的。

23

　　金庸说到南湖的醉仙楼:"这醉仙楼正在南湖之旁,湖面轻烟薄雾,几艘小舟荡漾其间,半湖水面都浮着碧油油的菱叶,他放眼观赏,登觉心旷神怡。"

　　说到嘉兴:"这嘉兴是古越名城,所产李子甜香如美酒,因此春秋时这地方称为槜李。当年越王勾践曾在此处大破吴王阖闾,正是吴越之间交通的孔道。"

　　说到南湖菱:"当地南湖中又有一项名产,是绿色的没角菱,菱肉鲜甜嫩滑,清香爽脆,为天下之冠,是以湖中菱叶特多。其时正当春日,碧水翠叶,宛若一泓碧玻璃上铺满一片片翡翠。"

　　以上这些是《射雕英雄传》中的片段。《射雕英雄传》的读者,几千万是起码的吧,这广告做得太牛了。

24

　　上海人很喜欢到嘉兴来买房,地方相近,房价便宜,文化相通,这当然是重要原因,还有一点,嘉兴人好。这话不是我说的,是一个上海老伯说的。

这上海老伯姓刘,他乘了大巴来嘉兴买房,随身带了一个包,包里装着35630美金。不错,是美金。我都不知道嘉兴的房产公司还收美金的。

车到嘉兴,刘老伯一个激动,包就丢在了嘉兴客运中心。客运中心有个保安叫叶金龙,值班发现了这个包。接下去我就不用说了,因为这在嘉兴是很平常的事。

上海刘老伯拿到包,那个感激啊,扑通一下就跪倒在地。叶师傅急忙扶他起来,刘老伯就说了一句话:"嘉兴人素质就是高,选择这座城市真的没有错。"

作为一个嘉兴人,我对刘老伯的话表示赞同,并认为应该列为非名人之名言。

25

文联,听着很高大上啊,那是文化人扎堆的地方,总归得在大地方才有。

但在嘉兴,连乡镇也有文联,而且每个乡镇都有,号称全覆盖。这个文联可不是说说的,照样有作协、书协、摄协、美协,等等,照样有主席、秘书长。该有的,都有。

没办法,嘉兴的文化人才实在多啊。

26

春节前，《嘉兴日报》的"江南周末"专栏组织了一场"嘉兴知识社群跨年劲嗨会"，说是"劲嗨"，其实也就是喝喝茶聊聊天，并无多少激情四溅的场面，因为来"嗨"的都是斯斯文文的读书人——这是一个嘉兴读书社群的活动。

嘉兴罗友群、趁早读书会、混沌研习社嘉兴群、电影赏谈沙龙、参差沙龙、吴晓波嘉兴书友会、海博读书会、泽龙读书会、素心·嘉兴汉风学社、樊登嘉兴读书会、EPC心理工坊……这些由嘉兴读友自发组织的阅读社群，规模不一，多则数百人，少则几十人。

以前旧志上说嘉兴人"乡之大夫士好读书，虽三家之村，必储经籍"，"田野小民皆教子孙读书进取求新"，普通老百姓都爱读书，这叫真爱读书。

27

大玩家、大文人张岱《陶庵梦忆》里有段话，嘉兴人都知道："嘉兴人开口烟雨楼，天下笑之。然烟雨楼故自佳。"

我们嘉兴的老人就不这么说，他们说"到过三关六码头，看过嘉兴烟雨楼"。烟雨楼和奉化芋艿头（有道是"到过三关六码头，吃过奉化芋艿头"）一样，都是见过世面的标志。搁现在，就该说"到过三关六码头，站在跨海大桥口"。

烟雨楼位于湖心小岛,始建于五代后晋年间,几度兴废

28

上海人调侃嘉兴人,就说是"乡下大少爷"。上海人聪明啊,这个绰号真是太传神了。

"乡下",自不必说。"少爷",也对哦。嘉兴自古就是鱼米之乡、富庶之地,嘉兴人长得白白净净,也稍稍有点文化,像不像个少爷?性格当然更是"少爷脾气":太苦太累太脏的不愿干;丢面子的不能干;太冒险的不能干;钱少点倒是没关系,家里有嘛。再说了,咱少爷,不缺这几个钱。

29

有人说,温州人手里有两块钱,做生意一定要花四块钱;嘉兴人手里有两块钱,只肯花一块钱,还有一块钱留着。嘉兴人做事就是这样"保险"。所以,今天脚脖子上的泥没擦干净,明天就是老板大亨,这不是嘉兴人。今天做老板,明天睡地板,这也不是嘉兴人。

30

在嘉兴,做记者最苦恼的是写不出人物典型。温州、台州、金华、丽水、衢州,总有几个在全省振聋发聩的人物,嘉兴有没有? 除了三十多年前的步鑫生,好像还真想不出。

嘉兴人说话不够斩钉截铁,做事不会不留余地;性格不够棱角分明;喜怒哀乐不会全放在脸上。就像一首歌中唱的:"外表冷漠,内心狂热,那就是我。"他们会把事情做得很好,就是不想也不会冒尖。

31

假如一帮女人聚在一起,哪一个是嘉兴女人? 很简单,你只要看,那个说话最少的、最安静的,便是。嘉兴女人从不会"作",她们作在另一处——嘉兴的女作家写得特别好。

32

清末时,嘉兴有所谓的"东门摆架子,西门叫花子,北门米脚子,南门大粽子",是说东门做官人多,西门穷人多,北门做生意的多,而南门饮食店多,尤其是粽子极大。我家就住在嘉兴南门,走几步就有粽子店,大肉粽,味道"乱赞"!

东南西北门

33

桂花炒年糕是嘉兴人的一种经典小吃,那真是又甜又香又糯。桂花炒年糕与香椿炒鸡蛋,我以为是最能体现嘉兴人风格的,桂花、香椿多雅,年糕、鸡蛋多俗,就是把它们炒在一起,雅得俗、俗得雅,雅俗共赏、皆大欢喜。

桂花炒年糕以桐桂花村的为最佳,我吃过几次,有一个教训刻骨铭心:别吃得太快,当心烫了舌头。

而香椿炒蛋是嘉兴人喜欢的一道菜。在河边,在院子里,香椿树往往随处可见。

于是,在明媚的春光里,勤快的嘉兴小老太们,就兴致勃勃地去亲

嘉兴有意思

手采摘香椿头，倒不是贪便宜，图的是新鲜、可口，也算是享受春光吧。

小老太"掐嫩头"，这也算是城市一景了。

桂花炒年糕

香椿炒鸡蛋

= 好！

雅俗共赏

34

参加省业余围棋联赛时，与浙江省围棋协会秘书长勇哥闲谈，请他说说嘉兴围棋有什么特点。

勇哥水平很高，张口就来，而且一下就是三点：一是嘉兴围棋的文化底蕴深厚，历史上有"当湖十局"，有范西屏、施襄夏，有陈子仙、周懒予；二是嘉兴的围棋选手都很淡定，不急不躁，无论输赢，脸上都是一副"没关系"的表情；三是群众基础好，顶尖高手不一定多，但喜欢的人很多。

当时我佩服得不得了，到底是围棋高手，眼光准，全说在了点子上。回头一想，大凡有意义有意思的活动，比如琴棋书画，比如诗酒花茶，我们嘉兴哪一样不是文化底蕴深厚？哪一样不是爱好者众多？哪一样不是玩家心态良好？

这就叫栽什么树苗结什么果，撒什么种子开什么花。

35

新闻单位为了提升报道质量，特意聘请了一批民间人士做"新闻监督员"，专门给报纸、电视、广播挑刺。听说，嘉兴的新闻监督员工作效果是全省最好的，坚持的时间最长，队伍的素质也高，自然，挑的刺也是最多的。像我这样在新闻单位工作的，经常看得面红耳赤。

其实，嘉兴人并不喜欢挑刺，甚至可以说，嘉兴人也并不是太较真的。只是嘉兴人的文化水平实在高，街上一个不起眼的老头，也会子曰诗云。一肚皮的学问闷着怕发霉，给报纸挑挑刺，也是一时技痒吧。

36

立春吃春卷，这是南方的习俗，嘉兴也不例外。

但嘉兴人吃春卷，有点小小的不同。城里人吃的春卷，两头是开着的，一层层像是书卷，这是希望孩子多读书，中功名的意思。乡下人吃的春卷，两头是包起来的，裹着像是蚕茧，这是希望新的一年蚕茧丰收的意思，故春卷也叫作"春茧"。看来，即使是祈福，嘉兴人也是切合自身实际，具体问题具体分析。

现在这两种春卷在城里、乡下都看得到，说明啥？说明嘉兴的城乡共建走在了全国前列。

37

嘉兴有位陈老太，心地善良，最见不得别人受苦。邻居租住了一家来嘉兴打工的新居民，子女多，生活累。每到年底，这陈老太就给他们送点衣物，有时还送点钱。当然不多，但对老太太来说，也是当一桩事的。这一送就是好几年。

终于，有一年年底，这户人家死活不要陈老太送的钱物，因为，他们家已经富起来了，至少比陈老太要富了，怎么还好意思接受一个老太太的"救助"呢？

陈老太没有失落，也没有生气，也没有表示热烈的祝贺，她只是开心地说："那好，今年我可以给我家先生做件新棉袄了！"

38

20世纪80年代，嘉兴有四种轻工产品畅销全国，它们是海鸥电扇、皇冠灯具、益友冰箱、大雁自行车。连中南海用电扇都指名要用海鸥的，于是有了"海鸥飞进中南海"之说。

外地媒体在报道时，称之为嘉兴"四小虎"，或称为嘉兴"四大拳头"产品。但嘉兴人不乐意,觉得这称号不够雅致。于是,从本地媒体到市政府的工作报告,一律称之为"四大名旦"。

现在,这四种产品早已停产了,但老嘉兴人说起"四大名旦",还是津津乐道。

39

一个地方以人名来命名,要么这人是全国的名人,要么是本地的著名乡贤。

而嘉兴的一个乡镇是以一个外地人来命名的,这个外地人还不是个大名人。这就是洪合镇,一个以羊毛衫市场出名的地方。

这里原来叫王店区人和乡。1949 年中华人民共和国成立后,一个叫王洪合的山东籍南下干部来到这里,任王店区委书记,领导剿匪反霸,不久遭匪徒杀害,年仅三十岁。

1950 年 6 月,嘉兴人为了纪念英雄王洪合,将他牺牲的地方——人和乡改名为洪合乡。这是嘉兴唯一以烈士命名的地方。嘉兴还拍过一部以王洪合为主角的电影《七把枪》。

嘉兴人厚道啊。

40

嘉兴有个庆丰饭店,当然没有北京的那个有名,不过也算是老字号了。说起店家吴震懋,老嘉兴人都知道。

这个饭店菜好、服务好,那是不用说了的,最稀奇的是 20 世纪六七十年代时,店堂里放着一杆秤。

那时吃饭要粮票,农村里来的客人没有粮票,那就带上一小袋米,当场称一下,算作粮票。

农民兄弟当时的心情,大概是又欢喜又心酸吧。

41

嘉兴人往往喜欢用"譬如"来开脱、宽解自己,让自己也让别人释怀。譬如——看,我也用譬如了——譬如我的一个朋友,很喜欢买书,简直到了变态的地步。老婆就说他了,你这样买书,钱都给你糟蹋了。他就说:

"我现在的单位效益还不错,你就譬如我在一个很一般的单位吧,不照样过日子?

"我从来不抽烟,你就譬如我抽烟吧。一天两包'利群',用来买书总够了吧?

"我从来不搓麻将不打'双扣',你就譬如我喜欢'小来来'吧,买书这点钱哪够啊?"

他老婆一想,是这么个"譬如",也就随他去了。

我也喜欢买书,我常想,譬如我就是这位朋友吧,我书还没他买得多哩。

42

嘉兴1999年时遭遇过一次特大水灾,嘉兴人称之为"6·30洪灾"。灾多大就不说了，反正全市的中小学先是停课，然后是取消了期末考试。

于是，从第二年开始，嘉兴人咬紧牙关，一次性投入巨资，历时三年，建起了嘉兴城防大堤，把嘉兴城区97平方千米圈在了里面，嘉兴人称之为"大包围"。

此后，尽管台风一年比一年大，降雨一年比一年多，但嘉兴城一直是"敌军围困万千重，我自岿然不动"。

也许嘉兴的乡土教材里可以这么写：坐在直升机上，俯瞰嘉兴城，唯一看得清的是，"大包围"。

43

月河景区什么时候最闹猛？毫无疑问是星期天，而且还是一大早。因为号称"华东第一古玩市场"的月河古玩街，每个星期天开张。

听说，从东北、河南、江苏等远地赶来的玩家，一般是前一天在月河找个小旅店住下，定好闹钟，备好现金（必须是现金），天蒙蒙亮就抱着各式箱包，奔向月河街区。

古玩市场，层出不穷地上演着或真或假的传说和故事。本来以为是"捡漏"了，其实是一个"新假破"的；本来以为不是西周的就是东周的，其实不过是"上周"的。

我也常去，虽然从来不买（我可不想交学费），但在晨光熹微中，那种熙熙攘攘的市井味，真的很"嘉兴"。

月河古玩市场

44

平湖有这么一家人,做饭是在上海,吃饭是在浙江,吃过饭,又回到上海睡觉。在浙江的家人要跟上海的家人说句话,不打电话,而是专门跑到上海去。

这不是瞎折腾嘛。

真不是瞎折腾。他们过得还挺安逸。这就是平湖全塘镇金桥村一户姓黄的人家。

平湖金桥村的对过,是上海的裴弄村。当年,裴家的儿子做了黄家的上门女婿,黄家女儿就把户口迁到了上海,但黄家的儿子仍是平湖人。为了照顾父母,他们就一起造了一幢小楼。户口是两地,宅基地只能也是两地,但可以"无缝对接"。所以房子虽是一幢,却是一边属上海,一边属浙江,上海浙江的分界线就在他们的家里。于是,一家人每天上海浙江来回跑。别说乘车,自行车都不用骑。

45

"山寺月中寻桂子,郡亭枕上看潮头",这是白居易《忆江南》中的名句。

美则美矣。但说实话,要在杭州衙门的亭子里看到钱江潮,还是在枕上,实在是不大可能的。白市长这么说,也是个推广杭州旅游的意思。

但白居易做不到的,不等于现在做不到。海宁丁桥镇新仓村梁家墩有个姓陆的村民,花了六七十万元,把二十年房龄的老房子改造成民宿,取名"行乡子"——大概是从词牌名"行香子"来的。这"行乡子"最大的亮点,就是在二楼的房间里,能看到举世闻名的钱江潮,而且是梁家墩特有的碰头潮。

赚钱方式中最牛的是"躺着把钱赚了";那看潮的最高境界,就是"躺着把潮看了"。

46

桐乡有个画家叫吴浩然,专门模仿丰子恺的画风,几乎到了乱真的地步。2017年的春节,他去上海拜访丰子恺先生的女儿丰一吟女士。

两人走在去餐厅用午餐的路上,前面一个老人走得极慢。吴浩然是年轻人,打算快步超过。丰一吟急忙把吴浩然拦下,说:"我们不要超过他。弘一大师走路就是这样。看到老人不要急匆匆地超越他,不然会让这位老人感觉自己老了、不行了,应该给他信心。"于是,丰一吟和吴浩然就跟着这老人慢吞吞地往前走。

路上不要超越老人,这话是弘一法师教导丰子恺先生的,丰先生又教给了自己的女儿,现在,丰一吟女士又把这句话教给了一位年轻人。

这大概就是文化的传承吧。

47

"湖多精舫,美人航之,载书画茶酒,与客期于烟雨楼。客至,则载之去,舣舟于烟波缥缈。态度幽闲,茗炉相对,意之所安,经旬不返。舟中有所需,则逸出宣公桥、甪里街,果蓏蔬鲜,法膳琼苏,咄嗟立办,旋即归航。柳湾桃坞,痴迷伫想,若遇仙缘,洒然言别,不落姓氏。"

这是张岱写南湖的一段话,见于《陶庵梦忆》,真是浪漫之极。怪不得南湖又叫"鸳鸯湖"。

48

嘉兴最大的学校是哪个?

嘉兴学院?嘉兴职业技术学院?它们的规模当然也不小,但还是差了点。

最大的学校,在校生人数,你站稳了,听好了,竟然是十一万!

这是啥学校?这是嘉兴老年大学。十一万是啥概念?就是每一百个老年人中,有十五个在读老年大学。这个比例,在全省也是名列前茅的。

不仅是嘉兴的老年人爱学习,更是因为爱学习的嘉兴人变老了。

在嘉兴最有人气的学校——嘉兴老年大学

49

有句话,叫作"要征服一个男人的心,先要征服他的胃"。其实反过来也一样,征服了女人的胃,离征服她的心也就不远了。

海宁有个叫许一超的小伙子,是一名擅长做西餐的大厨,在上海结识了一位乌克兰的美女。这美女 Yulia 也是一个"美食家",对许一超做的西点赞不绝口,爱不释手——不,是爱不释口,两人双双坠入爱河。

2017年春节前,两人在海宁举办了一场隆重的婚礼,在当地也算是一桩大新闻了。

50

这个星期天,我去参加了一个新书读者见面会,新书当然不稀奇,稀奇的是作者。

不过三四十岁年纪,写的却是民国的人物,写得还挺像回事。还会唱昆曲,是嘉兴有名的玉茗曲社的副社长,现场就表演了一段,当然也是专业水平。一手书法也不错,送给我们的书竟然是用毛笔签字的——没点功底谁敢啊。还会玩古玩,是嘉兴一个古玩名家的十大弟子之一。生意做的是外贸,也是风生水起,跑美国就像到外婆家。家里造了个园子,仿的是苏州园林,里头的假山,全是全国各地寻访来的太湖石叠就的。

这样的横跨数界,现场有人调侃说,要是姓朱,那就是一个"朱八界"。

自然这还不是重点,重点是,这人还是个美女。美女一词现在也是叫滥了,只是这人有个外号就叫"大美丽"。古龙说了,一个人的名字可能取错,外号那是绝对不会叫错的。

嘉兴人,精彩不?

51

前几天报社召集房产老总座谈。一美女老总喜滋滋地说,公司的别墅很抢手,东北的、西北的、华北的大老板全来嘉兴看房。前几天刚卖了一套价值四百八十万元的别墅,那个北方老板眉头也没皱一下,一次付清。

这是为啥咧?嘉兴空气好啊。一到冬天,北方雾霾大发,到嘉兴一看,山清水秀,田园风光,不由得精神大振,做了几个扩胸运动外加深呼吸。再一问房价,哟,这也忒便宜了,买买买。

一旁的浙江卫视金牌主持打趣道:"以前只听说有学区房,原来还有'躲霾房'啊。"

许多年前大连有句流行语,叫作"草也是生产力"。到了嘉兴,空气也是生产力。

52

"公主抱"抱的不一定是公主,老太太也可以。

海宁有个老太太要回四川,一家三口到了车站才知丢了身份证。巡逻的民警知道了,看看离发车只有二十分钟了,于是抱着老太太一路狂奔,先到车站派出所办临时身份证,马上又抱着老太太狂奔上千米,赶在车开前一分钟把老太太送上火车。民警虽壮实,一路奔下来也累,换了好几个姿势抱老太,其中一个亮眼的动作就是"公主抱"。

此刻老太太的心里,一定如公主一样幸福。

53

我有个老同事,叫有震。有个朋友的孩子,叫大有。有个写文章的前辈,叫行健。还认识一位女士,叫利贞,一位男士,叫建侯,还有一位,叫行简。

听着很平常对吧,但倘是掰开了揉碎了,这几个名字是有点讲究的,没有点文化是取不出来的——全来自《易经》。

嘉兴人给孩子取名,比较讲究含蓄、有深意。按照古人的说法,名字太亮眼了,是要招鬼神忌的。

见了别人家的小孩,倘是叫什么紫钰、子轩、梓涵、欣妍、萱怡、浩睿之类,先暗暗一笑:这孩子的父母,应该不是嘉兴人。

54

生活,你以为是城南公园,一眼看到好几个出口,其实就像中港城,找来找去找不到出口;人生,就像勤俭路,一旦开进去了,就不能再掉头;心情,就像少年路,堵得慌,难得顺畅几回;爱情,就像中山路,顺起来激情四射,堵起来撕心裂肺;事业,就像禾兴路,总有红灯在前面,不闯耽搁不起,闯了怕吃罚单;理想,就像望湖路,听说过,也见过,就是从来没有停留过;婚姻,就像常秀菜场,周边总在施工,进去难,出来也难。

所以,跑遍了嘉兴,你就领悟了人生。

55

20 世纪 60 年代有部有名的电影,叫《枯木逢春》,郑君里导演,尤嘉、上官云珠主演,说的是一个"苦妹子"的故事。

这"苦妹子"的原型,叫娄玉妹,是嘉兴七星镇人。十五岁时,她患上了血吸虫病,挺着一个大肚子,却骨瘦如柴,只有三十六斤。1962年的消灭血吸虫病行动,将娄玉妹从死亡线上拉了回来。1972年,浙江日报记者徐永辉为娄玉妹拍了一张照片,健康快乐的娄玉妹指着资料照片中瘦骨嶙峋的自己说:"她就是我,我就是她。"这张《她就是我》巨幅照片当年在广交会上亮相,引起轰动。

娄玉妹现在是一个乐呵呵、胖乎乎的老太。

56

如果要给嘉兴的男人取个名字,那就叫"郎贤平"。这郎君是贤惠的:顾家,肯做"买汰烧",允许老婆比自己牛。这郎君是平稳的:斯斯文文,大大方方,安安稳稳地过日子。你不要指望他一飞冲天,但他也不会"拆烂污"。

所谓"经济适用男",大概就是嘉兴男人这样子的吧。

嘉兴的中年男人,干净、体面,衣服穿得也很精神,有时还显得有点"潮",还有点"装嫩"。这不像是嘉兴男人的做派么?有时你多看两眼,他就会笑笑:"儿子的,儿子的。"对的,儿子上大学了、出国了,家里扔了一大堆衣服,还很新,品牌也好,身材也差不多,挑几件相对"老气"的,做老爸的就穿上了。

嘉兴男人的节俭、细心、会穿衣以及对孩子的爱意,全在这里了。

57

毛泽东的诗词里,有一首是专门写海宁观潮的。诗云:"千里波涛滚滚来,雪花飞向钓鱼台。人山纷赞阵容阔,铁马从容杀敌回。"

这首名为《七绝·观潮》的诗,写于1957年的农历八月十八,当时毛泽东主席在海宁的七里庙观潮,当场赋诗一首。

一代伟人能为一处景点专门写上一首诗,是很难得的。翻翻毛泽东诗词,像这样的诗真的不多,海宁人可以骄傲一下的。

58

海宁市的"海宁精神",是八个字——敬业奉献,猛进如潮。这城市精神的"版权"是谁的?

是孙中山的。

1916年9月15日的农历八月十八观潮节,孙中山和夫人宋庆龄来到海宁观潮。他先是在距离海塘不远处的海宁县立乙种商科职业学校内休息,访问了学校用了午餐,并题写了"猛进如潮"四个字,然后上海塘观潮,触景生情,留下了一句名言:"世界潮流,浩浩荡荡;顺之则昌,逆之则亡。"

把"猛进如潮"作为海宁精神,没有比这更合适的了。

海宁潮

59

　　假如你夏天来到西塘，就会看到沿河的廊棚下，枕河的人家边，长着一棵棵野梅树。

　　野梅无人采摘，成熟透了，就会轻轻"吧嗒"一声，掉落下来。掉到青石板路上，留下点点殷红。掉到河里，引来游鱼啄食，水面上顿时泛起片片梅花。

　　是不是有了写诗的冲动？

嘉兴有意思

西塘:野莓落水引鱼啄

60

嘉兴人给孩子压岁钱挺大方的,一般总在千元上下。

有的父母还给孩子办了存折,教他如何理财。更有父母设计了一套"考核机制",针对学习成绩、做家务等情况设立各种指标,有奖有罚。

有两个故事。一个孩子在母亲生日时,送了她一束用压岁钱做成的花,母亲激动得手足无措。还有个孩子,到读大学前,说不用父母交学费,他有。有多少呢?二十万。全是压岁钱攒下来的(自然还包括了各类"考核奖")。

61

一日与朋友一起喝茶。隔着一桌有个姑娘,独自一人,很文艺范的那种。

听到她拿着手机说:"我不敢奢求太多,只想把瞬间当成永远,把现在都变成回忆,一点一滴。我做的一切都是默默的,有苦有甜,我不想说,只是如鱼饮水,冷暖自知。"

又说:"如果你真的足够在乎我,那么你总能挤出时间来陪我,没有借口、谎言,没有不能兑现的诺言。"

我暗暗喝了一声彩,嘉兴到底是文化之邦,嘉兴人打个电话都这么文艺。

定睛一看,拿电话的手势怎么那么别扭?

明白了,这是使用语音输入,大概在写小散文呢。

62

说到宋孝宗赵昚,那真是不同寻常的人物。说有一日半夜,嘉兴杉青闸的县府招待所突然红光冲天。失火了?快打119啊!有个叫张浩的医生跑去一问,说,没事,是赵县丞的老婆刚生了个儿子。不说你也知道,这儿子就是赵昚,当时叫赵伯琮。

又说,赵眘五六岁时,到东塔寺去玩,登上了景龙楼远眺。这景龙楼里有口大钟,为了钟声传得远,就在楼板上挖了个洞,不敲钟的时候上面盖个稻草盖子。赵眘哪知这个关节啊,一脚踩上去,人就"嗖"地掉了下去。这可不得了,快打120啊。下去一看,没事,赵眘好好地站在楼下,一脸茫然。

这两件事,宋王明清的《挥麈录》有载,朱彝尊、谭吉璁的《鸳鸯湖棹歌》有咏,说得活灵活现。至于你信不信,反正我是不大相信的。

63

白居易有首《登西山望碛石湖》诗,是登上海宁碛石镇的西山眺望湖水,中有一句"犹记长安论诗句,至今惆怅读书台"。这"读书台",就是唐朝著名诗人顾况的读书台。

顾况出生在一个叫狮岭的小地方。狮岭这地方以前属海盐,现在属海宁,所以海盐人说顾况是海盐的,海宁人说顾况是海宁的,都是不错的,但说顾况是嘉兴人,更是不错。

白居易还是文学青年时,拿着诗稿求见文坛大佬顾况。顾况一看白居易名字,就调侃开了:京城长安,房价高,物价贵,"居大不易"。一看诗稿,第一首便是"离离原上草,一岁一枯荣。野火烧不尽,春风吹又生",不由大为欣赏,说,能写出如此诗句,房价高也无所谓,三环以内的房子尽管买,"白居也易"!从此,白居易诗名大振。白居易的"犹记长安论诗句",说的就是此事。

要是没有顾况,大诗人白居易说不定就此埋没了,至少也得晚出道几年吧。

所以，说我们嘉兴人对中国文学史做出了重大的、卓越的、不可磨灭的贡献，不算吹牛吧。

64

宋朝的时候，嘉兴有个社区叫作金佗坊，金佗坊里住了个嘉兴的代理市长——当时的叫法是"奉议郎权发遣嘉兴军府兼管内劝农事"。

嘉兴市长不稀奇，稀奇的是这位市长叫岳珂，乃是大名鼎鼎的岳飞的三子岳霖的儿子。

岳市长白天办公，晚上在金佗坊里写作，他写了一部小书、一部大书。小书叫作《桯史》，是一本很有意思的笔记。大书叫作《吁天辨诬录》，对，就是收集各种证据为岳飞辩诬的。他把这书献给皇帝，铁的事实面前，岳飞终得平反。抗金英雄平反昭雪，嘉兴人与有荣焉。

岳珂的遗物"洗鹤石池""松化石"今天仍在南湖烟雨楼。嘉兴有座岳王祠，是岳飞后裔学者岳元声在明代万历年间（1573—1620）所建，现在到三塔路上还可瞻仰。

65

似乎每个地方都有个十景。大抵因为我们嘉兴人谦虚，或因宁缺毋滥，弄了个"嘉禾八景"。且听我道来：南湖烟雨、韭溪明月、瓶山积雪、东塔朝暾、禾墩秋稼、汉塘春桑、茶禅夕照、杉闸风帆。

元四大家之一的吴镇有一幅《嘉兴八景图》，依稀可见当年风光。对照下来，跟现在也差不太多，让人顿生"年年岁岁花相似，岁岁年年人不同"的感慨。

66

嘉兴有个经常见到的地名叫"由拳"，市区就有一条由拳路。这名字的历史可谓悠久，可以上溯到秦始皇的时候。秦始皇征发十万囚徒在这里挖断龙脉，就把长水县改名为"囚倦"，慢慢变成了"由拳"。

不过这个说法也不一定。20 世纪 80 年代，著名的嘉兴籍历史地理学家谭其骧来到故乡，我的朋友老崔趁机向他请教"由拳"一词。谭老略一沉吟，说，或许是越语吧。原来是秦朝嘉兴人的土话，怪不得现在百思不得其解。

67

旧时嘉兴府衙门的子城边，有一座亭，叫"怀苏亭"。怀的是哪个"苏"？苏小小的苏。

苏小小是什么人？是南齐时的歌伎。亭是什么人建的？是宋朝的嘉兴太守邓根。

堂堂太守为一个歌伎修造纪念亭，想不到啊。更想不到的是，大家还挺认同，怀苏亭成了嘉兴名胜。南宋张尧同有《嘉禾百咏·怀苏亭》诗："犹使樽前客，常怀没后名。好风吹远籁，如有笑歌声。"朱彝尊《鸳鸯湖棹歌》八十五云："怀苏亭子草成蹊，六鹤空堂旧迹迷。唯有清香楼上月，夜深长照子城西。"元代大诗人杨维桢有诗云："官奴重秉烛，泚笔怀苏亭。"可知当时有名文人来嘉兴，也要到怀苏亭游览一番。

古人真的是有雅量啊。

68

有种梨子叫鸭梨，肉细而酥而脆，味道甜中带点酸，清香而多汁，像什么？像美女是不是？对了，这鸭梨正跟从古到今最美的美女有关。

这鸭梨古称"语儿梨"，宋人笔记《南部新书》《侯鲭录》《曲洧旧闻》都有记载。"语"字在古代读音同普通话的"鸭"，"鸭梨"就是这么来的。这跟嘉兴有什么关系呢？这"语儿"乃是嘉兴的一个地名，宋朝时这里产的梨子最为鲜美，驰名天下，故有"语儿梨"之称。

要说"语儿"这地名也是有来历的。当年越国施展美人计，送天下第一美女西施入吴。范大夫范蠡一路相送，两人情意缠绵，依依不舍，不但途中生了个孩儿，走到嘉兴地面，这孩儿都已牙牙学语了——慢生活真是好啊。这地遂叫"语儿"。看，小小一只梨，竟有如此香艳的故事，你吃梨的时候，是不是滋味更长？

69

说到"语儿"这故事，或许有人要说了，绍兴到苏州才几百里路，至于吗？这你就有所不知了，范大夫与西施情致缠绵，此一去，一入吴门深如海，从此范郎是路人，自是多待一刻是一刻。于是在一座塔下向嘉兴人学学刺绣，留下了"学绣塔"。采摘槜李时不小心掐了一爪，"闻说西施曾一掐，至今颗颗爪痕添"。范蠡还在嘉兴一个小湖边专门为西施建了个"西子妆台"，湖中螺蛳争吃西施梳妆时倒下的胭脂水，"倾脂湖"中的螺蛳遂成了"五色螺"。这么多事做下来，总得一两年吧？

顺便说一句，西子入吴，当然不可能带着孩子，这孩子多半就留在了吴根越角的嘉兴。怪不得现在嘉兴的男人那么潇洒多才，女人那么漂亮可爱，原来是范少伯与西子的后人呵。

槜李——西施指甲痕

70

几年前到南美,来到巴西、阿根廷、巴拉圭三国的边境。陪同的朋友指着一条河说,这条就是界河,要是在上面造座桥,就直接走到邻国去了。我说,不稀奇,我们嘉兴就有一座这样的桥。

我真不是吹牛,嘉兴就有一座"国界桥",在市郊洪合镇洪合村,旧时叫"南北草荡"。北边是吴国,南边是越国。河不宽,想当年两国人民大概是"鸡犬之声相闻,老死不相往来"吧。据说很早前这里还能挖出"败甲朽镞"。

71

读《陶庵梦忆》,大玩家张岱说到嘉兴,吃的有"马交鱼脯""陶庄黄雀",工艺有"腊竹""王二之漆竹""洪漆之漆""张铜之铜",好生向往。吃的倒也罢了,这工艺,放到现在,定是"非遗"了吧。

72

嘉兴的平湖、嘉善、海盐三地,向称"金平湖""银嘉善""铁海盐"。这"金平湖",据说还是康熙叫出来的。说是当年翰林院侍读学士高士奇,听说平湖风俗淳朴,就入籍于平湖。高士奇死后,康熙派一郎姓官员来平湖吊唁。此时正是阳春三月,遍地油菜花开,蔚为大观。北方人哪见过这个，差点以为进了海市蜃楼。郎钦差回去向康熙唾沫横飞地夸耀一通，康熙一拍大腿，点头赞叹："美哉，金平湖！"

73

洲泉这地方不大，人口不多，却富得流油，是全省经济"百强镇"，全国经济"千强镇"。没办法，名字取得好啊。据传，南宋嘉定年间（1208—1224），当地老百姓挖到一块唐朝的墓砖，砖上就写着"洲钱"。一洲全是钱，能不富吗？嘉兴人不露富，又有文化，就把赤裸裸的"洲钱"改成了风雅的"洲泉"。

74

河南邺城古称相州，是个有名的古城，其实我们嘉兴也有个"相州"，那就是桐乡洲泉镇。河南相州的"相"不知是什么意思，嘉兴相州的"相"乃是宰相的意思。

遥想北宋末年，天下大乱，世家大族四处避难，临近杭州的洲泉就是一个好所在。只因洲泉偏僻，所谓"走到天边，难到洲泉"，兵火不及，就成了世外桃源。当时避难到洲泉的，有大宋皇帝的宗亲赵不求、赵善应父子，而赵善应的儿子赵汝愚就出生在洲泉。这赵汝愚于宋孝宗时状元及第，在宋宁宗时更是成了一代名相。这么个小地方，出了个状元宰相，不容易啊，于是洲泉又被叫作"相州"。

75

桐乡是著名的蚕桑产地,蚕茧产量在杭嘉湖首屈一指,因此也吸引了外地人来卖蚕种。而桐乡人说到蚕种,最有名、历史最长的,就是"凤参牡丹杨乃武记"蚕种。不错,就是杨乃武、小白菜一案中的杨乃武。

说起来,杨乃武跟桐乡真是大有关系。当年他在屈打之下胡乱招供,说是在爱仁堂买的砒霜,这爱仁堂便在桐乡。杨乃武出狱后,在"红顶商人"胡雪岩资助下卖蚕种,在桐乡卖得最好。当年杭嘉湖一带无人不知杨乃武,他的蚕种自然畅销。

76

海宁有把刀,生生吓坏了慈禧太后,这把刀叫"叶刀"。叶刀,不是柳叶刀的简称,乃是专切桑叶的刀。海宁是蚕桑产地,这把小刀能把桑叶切得如头发丝般细,幼蚕吃时一口吞下,保证不硌嗓子。

叶刀名气大得慈禧都听说了。嗯,叶刀,叶赫那拉氏之刀,不吉利啊不吉利。于是改为"桑刀"。岂不知海宁早有桑刀——嫁接桑树的小刀。没奈何,只好一把叫"切桑刀",一把叫"接桑刀"。好在慈禧总归要死的,死了,还是叫"叶刀"。

海宁"三把刀",这叶刀只是其中一刀,还有圆头阔刃的厨刀、切药材如薄纱的药刀。

此外,海宁人喜欢吃榨菜肉丝面、雪菜肉丝面。"两面三刀"这成语是这么来的?

77

二三十年前,越剧在嘉兴曾风靡一时,每个县里都有越剧团。《何文秀》就是各个越剧团常演的曲目之一。

一次到盐官看潮,上年纪的人说,当年何文秀故事就发生在这里。

当时还是初中生的我,像许多半大小子一样,总觉得自己的生活沉闷乏味,而小说、戏剧中的生活多姿多彩,怎么也无法相信如此荡气回肠的故事,会发生在我们这样一个平淡的水乡,以为大人们都是信口开河。

直到十几年后,我才知道何文秀的故事确实是家乡的真人真事——一个长工与地主家小姐的令人唏嘘不已的爱情故事。《何文秀》中的"三里桃花渡""六里杏花村""七里凉亭""九里桑园",都在盐官附近,都是实实在在的地方。现在盐官古镇上有一间茶楼,就是当年何文秀与妻相会的地方。

我们普通人的生活也很精彩。说不定我们身边的故事,过几百年也是一段传奇。

78

嘉兴南湖,因在嘉兴城南而得名,南湖又叫鸳鸯湖,是因为相邻的两湖如鸳鸯交颈而得名,听着这名字,就很浪漫。

鸳鸯湖,湖如其名,当年大诗人钱谦益与大才女柳如是就是在这鸳鸯湖上定情的,然后上演了一个轰轰烈烈的爱情故事。钱谦益还写了一首情诗《有美一百韵,晦日鸳鸯湖舟中作》,长达一百多行。一百多行啊。

前几年南湖晚报搞个了"鸳鸯湖相亲大会",一时俊男靓女云集,帅哥美女齐聚,好不热闹。这全仗了鸳鸯湖这个好名目啊。

记住了呵,南湖还有一个名字——鸳鸯湖。

79

常有外地人来嘉兴,游览一过,满足之余做遗憾状:"嘉兴风光好是好,可惜没有山呵。"

嘉兴人就会一本正经地告诉他:"这个,我们有,就在嘉兴城里最繁华的中山路上,叫作'瓶山'。"

这个不是说笑话,真的是山,真是瓶子堆出来的山。

根据史志上的说法,宋朝时在这里设了一个专营酒务的机构,空瓶就堆成了这么座山。那时嘉兴的大街小巷上,总能听到一声声的"酒干倘卖无"。

不过,我却喜欢另一个传说,说抗金名将韩世忠在这里打了大胜仗,朝廷犒赏十万瓶好酒。一场大醉,酒瓶堆成了小山。端起酒,一饮而尽,酒瓶"唰"一扔,这份豪气,令人神往。

"瓶山积雪"是嘉兴一景,当年嘉兴贤太守许瑶光有诗:"试上瓶山莫畏寒,楼台白玉倚栏杆。雪晴海国阳春早,搀入梅花一色看。"

想象一下,多美的景。

嘉兴有意思

80

以前的地名雅致，现在的地名直白，这大概在全国都是一样的。所以以前就专门有种地名对子，也是桩风雅的事。比如嘉兴当年有两个有才情又有闲情的人，一个叫项映薇，一个叫吴受福，就把清朝时嘉兴市区的地名写成了几十个对子。

先是乾隆年间（1736—1796）的项映薇说了几个：桃花里对杨柳湾，蚬子汇对螺蛳浜，百福巷对万寿山，和尚荡对阿婆桥，画佛弄对集仙坊，白苧村对青莲寺，廿一世墩对六万军塔。

一百多年后，道光年间（1821—1850）的吴受福接了上去，真的是"念念不忘，必有回响"。吴受福补的是：下塔对高田，梨村对梅里，马厩对牛桥，幽港对爽溪，新桥对旧庙，杨柳湾对梧桐里，石马山对金牛里，孩儿港对老人桥，劝善乡对归仁里，烟雨楼对水月荡，白莲寺对紫竹庵，蒲鞋弄对箬帽街，草荡里对花园村，韭菜园对竹林庙，作儿里对娱老桥，青龙桥对白马里，青龙港对白牛泾，邻鹤里对景龙桥，葛赵里对王江泾，弄珠楼对分金里，甘雨里对清风泾，十八里桥对六百亩荡。

这些地名，有些还在，但大多已经不在了，比如我家就住在杨柳湾附近，但对子上的"桃花里"和"梧桐里"，现在就不知在哪里了。

嘿，我也来个狗尾续貂：春波坊对秋泾桥，荷花堤对椿树弄，双魁巷对三塔路，梅湾街对菜花泾，西马桥对南杨路。当然不工，不过地名倒是现成的，聊博一笑。

81

嘉兴有条小街叫"严家弄",这很平常,估计全国叫"严家弄"的小街没有上百条也有几十条。严家弄里有个严家园,这就有点说头了,据说是当年明朝的大奸臣严嵩之子严世蕃所居。

严世蕃怎么会住在嘉兴?这是因为严嵩有个义子叫赵文华(就是《盘夫索夫》里被严兰贞痛骂的那个赵文华),是嘉兴望族项家(就是项忠、项元汴、项圣谟他们家)的上门女婿,住在嘉兴,还修了部《嘉兴图经》。赵文华为了拍马屁,就为严世蕃修了个严家园。

此事不知真假,不过潘光旦所著《明清两代嘉兴的望族》倒是记载:"明清以来,严氏后裔居住地北门外,今坛弄之严家弄即为其族人聚居处。"潘教授这话有点春秋笔法,就是不说这"严氏后裔"是不是严世蕃。倘若现在去问嘉兴人,都说,才不是呢,那是汉武帝时的文学家严助的后人。

要是追问一句"那严世蕃是不是严助的后人呢",那就是不识相啦。

82

当年北京路上有爿茶馆,叫作"逃得快"。茶馆是悠闲喝茶的地方,怎么会叫"逃得快"?

逃者,跑也,这是嘉兴的土话。"逃得快"就是快跑的意思。只因这爿临运河而开的茶馆后面恰是一个河埠头。等航船时,船夫不妨泡上一壶茶闲坐在茶馆里。忽然听得远处一声汽笛叫,航船来了。他们立即手忙脚乱涌向河埠头,彼此还要招呼:"快点逃、快点逃。"于是,这茶馆就被叫作"逃得快"了。

83

嘉兴当年也算是浙北的商业中心,在北门、东门、南门三大商业街区上,有着许多的"老字号"。有首在嘉兴流传颇广的顺口溜,说的就是当年十家有名的"老字号":

一乐园、义昌福、三珍斋、四明堂、吴震懋、陆稿荐、戚五丰、北新春、久香斋、日升楼。

嘉兴方言中,"二"读音"义","五"音近"吴","七、八、九、十"与"戚、北、久、日"同音。自然,为了凑成一到十,难免削足适履,一些有名的老字号没有排进,不过是引人一噱而已。

84

喜欢京剧的朋友肯定听说过这三个经典曲目——《一捧雪》《审头刺汤》《雪杯圆》,情节相连,有如连续剧。故事情节我就不说了,总之是跌宕起伏、柳暗花明。

这剧里有个大反角叫"汤裱褙",大名叫汤勤,说来惭愧,当年他就住在嘉兴。嘉兴城内有条汤家弄,汤家弄内有个汤家花园,据说汤勤这厮就住在这里,《嘉兴地名志》上也采纳了这个说法。

不过,我有点怀疑:汤勤这人说起来是个艺术人物,而其原型及故事,在《万历野获编》《两般秋雨庵随笔》《云自在龛笔记》《烟屿楼笔记》

等野史笔记中记载各异,连名字也不一样,如何能坐实是嘉兴的?

倒真不是为家乡讳,用句流行语来说,这个黑锅,我们嘉兴人背不起。

85

我们报社前面有个小区,叫府南小区,大概是位于市政府南面的意思。但其实嘉兴以前就有府南街,还有一条府前街,那是指位于旧嘉兴府衙之前。此府非那府,两个"府南"也相距甚远,这真叫"相差不可以道里计"。

嘉兴还有一条道前街,当年嘉兴人民广播电台就在这街上。哪条街不是在道路前的?非也,此道乃是旧杭嘉湖道台之道,故名道前。此道非那道,这也叫"相差不可以道里计"。

更让人糊涂的是,当年嘉兴竟有两个县南街。说起来其实也平常,嘉兴城区有一府两县,一府是嘉兴府,两县是嘉兴县和秀水县,府前有府南街,县前不也得有县南街,两个县不就有了两个"县南"?所以以前问老嘉兴人:"县南街在哪里?"他必定要追问一句:"是东门的县南街,还是西门的县南街?"就像现在问区政府在哪里,那一定要讲清是南湖区政府还是秀洲区政府。

这样终究太麻烦,但人民群众的智慧是无穷的。慢慢地,将秀水县南街改叫"县前街",以与嘉兴县的"县南街"相区别。再后来,干脆将嘉兴县的县南街改叫"嘉前街",这样就没人会搞错了。

再后来,两条街打通成了一条,再加上其他的街,通称"中山路",

这下，问题彻底解决了。什么秀水县前、嘉兴县前，都是人民群众的中山路。

86

嘉兴月河景区有条双魁巷，双魁巷里有块"永禁碑"，乃是嘉兴县署所立。"永禁碑"上说得斩钉截铁："倘敢故违，许即就近鸣警拘办，不稍宽贷。"

违反了就得拘留，是不能赌博还是不能群殴？是不可不孝敬公婆还是不可有男女私情？都不是，是不能随地小便。

双魁巷是民国年间一个叫宋传箕的绅士所造，租赁给居民后，宋老板特意在巷头建了新式厕所。但居民陋习难改，依旧大大咧咧解开就撒。宋老板一怒之下，一纸诉状告到嘉兴县政府，县知事张昌庆那是相当重视，严令禁止随地便溺，还立了这么一块"永禁碑"，措辞严厉，就差没说要收缴"作案工具"了。永禁碑果然有效果，到现在，双魁巷的卫生环保还是很好。

县政府为严禁随地便溺立块碑，这不叫小题大做，这叫"不可随处小便，小处不可随便"。

87

角里街在嘉兴城东，巴金的祖居就在这里。

"角"有点难认，一不小心就认作"角"了。哟，你家怎么住在了"角落里"？

这甪里，据说是纪念汉时商山四皓之一的甪里先生，不过这老先生跟嘉兴半毛钱关系也没有。有说因离嘉兴城六里而得名，不过在我看来显然不到六里。嘉兴的文化老人吴藕汀说是"陆里"，大唐名相、嘉兴人陆贽的家就在这里，听着比较靠谱。

我看以后就叫"陆里"算了，也是纪念乡贤，更是与人方便，这"甪"字，不知啥意思，不知怎么读，不是为难人家嘛。

说到这甪里街，当年这里有个大厂，叫竞成纸厂（就是现在民丰造纸厂的前身），老板财大气粗，更有广告意识，出钱把甪里街改成了"竞成路"——这一招现在不少企业还在用。然而不久，当地村民因竞成纸厂往河里大放黑水，污染环境，聚众抗议，还把这"竞成路"的路牌拆下来扔到河里。竞成路也无法叫下去了，竞成路不竞成。可见我们嘉兴的老百姓，环保意识就是强。

20 世纪 60 年代，大概是因为这里企业比较多，改叫"大庆路"。但老百姓还是叫甪里街，到后来，只能再改回来，还叫甪里街。

路名虽然是人取的，但路名不是你想改，想改就能改。

88

嘉兴月河景区附近有条便民街，是城北农民进城的必经之地，因街头有"便民桥"而得名。

"便民"听着像个新词，但其实这桥名两百年前就有了。便民桥上有铭文："嘉庆八年（1803）重建便民桥，里人公建。"

便民在任何时代都是一个重大主题呵。

89

嘉兴的孩儿塔是市区七塔之一,又叫铜棺塔,这孩儿塔所在的里弄,就叫塔弄。

传说从前有一个小孩,父母早亡,亲妈(嘉兴方言,指祖母)极是宠爱,笑骂由他。一日县官路过此门,听得孩儿在漫骂祖母,当下大怒,要加以法办。亲妈袒护说,这是孩子不懂事。县官说,好,倒要看看他到底懂不懂事,令人拿来一钵糖、一钵盐,放在孩子面前。孩子不假思索,拿糖就吃。县官说,知道吃糖不吃盐,哪是不懂事!小小年纪如此专横,大了还了得!当下问斩。

亲妈心疼孙儿,买了个铜棺材下葬孩儿。据传,一日天下小雨,亲妈听得外头有脚步声,开门一看,雨里一个穿红肚兜的孩子跑来跑去,正是她的孙儿。此后每逢下雨天,这孩儿冤魂就化为妖魅在附近出没。于是乡邻出钱建了一塔以祭奠冤魂,这塔便叫孩儿塔,又叫铜棺塔。

每次读到这个故事,我都有种不寒而栗的感觉。

90

嘉兴有个地方叫百步,那地方的人说,我们这里的人腰不疼腿不痛,身体倍棒,吃嘛嘛香。为啥呢?不是说"饭后百步走,活到九十九"吗,我们这里的人,哪个不是饭后在百步走的?

百步人这话是有历史依据的。百步镇得名于百步亭,百步亭得名于一个叫"柏婆"的老太太,柏婆为人称道,不就是因为德劭、因为年高吗?

嗯,百步人还可以去参加奥运会的射箭比赛,不是说"百步穿杨"吗!

91

小时候,听到大人见了狗,就喝一声"拜杀!",不知何意,问大人,说是从来就是这么说的,也不知为什么。

等到读大学上古典文学课,读到元末四大南戏"荆刘拜杀",即《荆钗记》《刘知远白兔记》《拜月亭》《杀狗记》,恍然大悟,"拜杀"后面不就是个"狗"字么?

这倒并非臆测,这种"缩脚韵",本来就是嘉兴方言的一个小特色。比如说声"鸡毛掸",那就是要"走"(鸡毛掸帚)了;说声"痴眼懵",那就是"懂"(痴眼懵懂)了。据说骂人"猪头三",就是骂他是畜生,因为祭祀时用的是"猪头三牲"。

嘉兴到底是读书人多,说话拐弯抹角不说,一条狗,也连得上风雅的四大南戏。

92

一个县官,做得最长的是谁我不知道,但做得最短的我清楚,因为当年嘉兴有个"一日知事"。

1926年,浙江省长夏超起兵反对孙传芳,兵至嘉兴。孙传芳委派的嘉兴知事(相当于县长)徐某闻风而逃。夏超遂任命一个叫廖家驹的来做嘉兴知事。廖家驹当天上午走马上任,贴出告示,以示"开印大吉"。不料到了下午，孙传芳部疯狂反扑，形势急转直下，夏超退至杭州。可怜的廖知事，官印还没焐热就又弃印而走。那个徐某就回来重做知事。

"一日知事"，正是那个兵荒马乱的年代，"城头变幻大王旗"的一出闹剧。

93

以前嘉兴小孩打架，往往会说："你厉害，你又不是陆强人。"这个"陆强人"，就是清朝光绪年间（1875—1908）一个有名的武进士。"强人"并不是《水浒传》中的"强盗"，而是壮汉的意思。在嘉兴话里，说一个人健壮，就说这人"强"（读如"挟"音）。

这"陆强人"大名陆殿魁，平湖人，农家出身。他交租时，扁担一头挑着其母，一头挑着一石米，轻轻松松。考中武进士后，做到了光绪皇帝的蓝翎侍卫。据说一次他好奇心起，想看看轿中的皇帝龙颜如何，带着刀就莽莽撞撞地闯了过去，惊着了皇帝，结果被革职，发配边境做了个小将。

嘉兴一向以文弱书生面目示人，进士出得多，原也不算太意外。而这些进士中，竟还有一个武进士"陆强人"，这几乎可说是意外之喜了。

94

金庸的《鹿鼎记》第一回写到了他祖上查继佐与"雪中奇丐"吴六

奇的故事，其中说到吴六奇为查继佐在海宁造了一间大宅院。此事金庸一笔带过，没有说在宅院边上吴六奇还送了一块石头。

这石头，就是与苏州的冠云峰、上海的玉玲珑并称"江南三大奇石"的绉云石。

这绉云石高仅两米半，深得皱、透、漏之美，细腰楚楚，风姿绰约。更奇的是，每到阴霾天气，石中就会有云气透出，所以称为绉云石。

说到这绉云石，现在都道是"杭州西湖绉云石"，这自然是不错的，不过，细究起来，跟嘉兴实是大有干系，故事也比较曲折。

查继佐得到绉云石后不久，即因事入狱，死后查家没落，绉云石归查继佐的族弟查培继所有。查培继把它放在了自己在海盐武原的百可园内。查培继去世后，其后代不成器，绉云石又和百可园一起落入海盐顾氏之手。嘉庆年间（1796—1820），这顾氏家也没落了，于是海宁人马汶又以数百金把绉云石买来，放在自家园子中。过了四十多年，马家又败落了。

绉云石的四个主人，得到奇石后就家道中落，绉云石因此而有了"穷石"之说。看来好东西也得有福气的才扛得住啊。

道光年间，石门县（今桐乡崇福镇）人蔡锡琳向马汶后人以千金购得此石，他可不敢放在家里，就捐给了福严禅寺，置于放生池旁，接受众人顶礼膜拜，人称"灵石"。直到1963年，绉云石才被移至杭州江南名石苑。

我常想，要有哪个有心人来写篇有关绉云石的《石头记》，一不小心就是又一部《红楼梦》。

95

鲁迅在《故乡》中写道,绍兴有种东西叫"狗气杀":"这是我们这里养鸡的器具,木盘上面有着栅栏,内盛食料,鸡可以伸进颈子去啄,狗却不能,只能看着气死。"嘉兴也有一种器具,叫"猫气杀"。

这种东西,我听说过,但没有见过。文化老人吴藕汀在《药窗诗话》中倒有生动的描述,不过他把这器具叫作"气煞猫":"是一只陶器制作的有盖的甏,像圆形鼓墩,内中放置敲成碎块的石灰,作为收燥糕饼所用,免得放在外面受潮易坏。此即通俗的石灰甏,不论大小人家总要备它一只,除了糕饼之外,土产如桂花糖、熏青豆等也少不了去收燥。"

这也算是民间的智慧吧。

96

海宁盐官景区有一个茶楼。茶楼不稀奇,稀奇的是茶楼南墙上嵌了一块碑,还是残的,上面有"卖国贼陆"和"民国八"几个字。不错,这就是"卖国贼陆宗舆"之碑,这陆宗舆正是海宁人。

这碑自然是复制品。1919年五四运动后,是年6月,海宁民众集会,决议开除陆宗舆的乡籍,并勒石三块刻"卖国贼陆宗舆"六字,分立于盐官镇(陆宗舆的出生地)的要道口、北门外和镇海塔旁(即观潮胜地海塘边)。这一茶楼,据说就是当年海宁民众集会声讨陆宗舆的广场旧址。三块碑后来下落不明,1985年在海宁市硖石镇的惠力寺墙脚挖出一块残碑，现藏于海宁博物馆。

顺便"八卦"一下，当地传说这陆宗舆是其母怀胎三年才生下来的，因此自号"卅六月生"，自小被视为神童。神童归神童，犯了罪照样严惩不贷。比起有些地方争抢西门庆为老乡，我们海宁人在这点上还是很有骨气的。

97

乌镇是世界互联网大会永久会址，如假包换是国际化了。现在有多少城市在号称建设国际化的大都市，我们嘉兴踏踏实实，先建一个国际化的小城镇。

其实历史上，乌镇不是国际化的镇，而是"县际化"的镇。此话怎讲？乌镇地方不大，却横跨两省（浙江、江苏）、三府（嘉兴、湖州、苏州）、七县（乌程、归安、崇德、桐乡、秀水、吴江、震泽）。地处七个县之间，算不算"县际化小镇"？这在全国怕也是罕见的吧。

于是乎，某个人，你知道他是乌镇人，却不知道他是哪个县的人，也算是奇事一桩。

98

前些时翻看嘉兴民国年间的老照片，发现有好些是在野餐时的情景，有时是一家人，有时是同事朋友，或许野餐在那时的嘉兴也是一种时尚吧。

当年文人间的野餐，有个风雅的名称，叫"蝴蝶会"。因为野地就餐,只能因陋就简,一壶老酒几碟小菜而已,就自嘲是"壶碟(蝴蝶)会"。倘这野餐是 AA 制,则称为"撇兰花"。

99

嘉兴城内,旧时有个茶楼,叫"怡园"。倘是一个陌生人来到这里,不免会感到奇怪,因为在怡园里喝茶,似乎不用付钱。

世上当然没有免费的茶馆,有如世上没有免费的午餐。但这怡园不同寻常,在门口放了一张小桌子,桌子上有本簿子。茶客喝了茶,走时就在簿子上写上今天喝了几壶,写几壶就是几壶,没人过问。忘了写也没关系,第二天补上就是。过段时间,想到要付账了,就一起付掉,老账一笔勾销,新账重新记起。

没人监督,没人核实,连问都懒得问,一切全凭两个字:诚信。

100

六十多岁的老太还结婚做新娘子,稀奇吧? 更稀奇的是,这老太太还生了个儿子。

那是清朝初年,海宁庄太史家有个丫鬟,聪明能干,办事得力,生得却实在难看,头发稀少,黑脸上生着麻子,还有一双大脚——这在当时几乎是一种耻辱。

当地驻军中有个姓陆的士兵,经人撮合,与这丫鬟订了婚。一个穷当兵的外地人,能娶到一个大户人家的丫鬟,虽然难看点,也算是不错了。

后来这陆某犯了事,逃出海宁,投奔有名的"铁丐"吴六奇。当年吴六奇在海宁要饭时,跟陆某结交,现在是大将军了。陆某奋斗数十年,终于也做到了将军。他惦记着当年的婚事,一直没娶,总算功成名就,就回海宁成亲。

此时,那个丫鬟丑还是一样的丑,年纪却已是六十多了,连庄太史都劝这陆将军算了。难得陆将军重信义,坚持要娶这丫鬟。

结婚后,两人感情极好,陆某连小老婆也不纳一个。更难得的是,第二年,这六十多岁的丫鬟竟给陆将军生了一个大胖儿子。

这事见于清著名戏曲家沈起凤的《谐铎》,是实有其事还是小说家言实在很难说,不过,重合同讲信用,在任何时候都应该有好报的。

101

历史上最奇葩的一场战争,就发生在嘉兴。这就是有名的"槜李之战"——并不是为了争吃一颗槜李而打仗,而是在槜李打仗。槜李,就是嘉兴的古称。

说奇葩,是因为越国胜得很奇葩。两军对垒,摆开阵势,越国"哗"推出一批死囚。死囚们拿着剑,"唰"就是一剑,不是砍向敌人,而是抹向自己的脖子。齐刷刷地抹脖子,齐刷刷地倒下。这等奇观,见所未见。吴国士兵看得目瞪口呆,不明所以。越军趁势冲锋,大获全胜。

说奇葩,也是因为吴王被剑伤了脚趾——这倒也平常。不平常的是伤了脚趾的吴王阖闾,竟然在逃跑途中因此而死了。堂堂一国之君,死在一个脚趾上,也太窝囊了。

奇葩归奇葩,这场在嘉兴打的槜李之战,引发了两年后的夫椒之战,引发了越王勾践的卧薪尝胆,引发了伍子胥之死,引发了越国称霸。说句不吹牛的话,嘉兴的这一仗,改变了中国历史的格局。

　　顺便说一句,嘉兴人沈嘉蔚画的《槜李之战》,收藏在嘉兴博物馆,有机会不妨去看一看。

槜李之战

102

　　一个名字,既是一种水果,也是一个地名,还是一个城名,是什么?是槜李。

　　槜李是嘉兴特有的一种水果,也是一个古地名,大概在现在以羊毛衫出名的濮院镇一带,还是嘉兴的代称。一个书画家,说"写于嘉兴"当然也行,说"写于槜李",立刻就显得风雅了不少,要是说"写于醉李"呢,那就更显得有古意了。

成熟的槜李,都会有一道细细的裂痕,据说那是当年西施摘果时一不小心用指甲掐出来的,爪痕留到了今天。对这传说,我一直有点怀疑。西施那是有名的美人,应该手如柔荑指如葱管才是,槜李上的这爪痕,也忒大了点。

当然,这不妨碍品尝槜李的美味,听听"补白大王"郑逸梅是怎么说的吧:"槜李红润如火,表皮微被白霜,比之美人粉霞妆,毋多让焉。临啖将白霜拭去,以爪破其皮,浆液可吮而尽,甘美芬芳,难于言喻。"

103

到海宁看潮,内行的人会推荐"一潮三看"。这"三看",说的是先在盐官镇东大缺口,一排丁字坝纵横江中,在潮水到来时看双龙相扑的"碰头潮";随后追着潮水,在盐官观潮胜地公园看万马奔腾的"一线潮";最后再追到老盐仓,观看惊涛裂岸的"回头潮"。

其实海宁潮岂止三看。明朝的历史学家、海宁人谈迁就说了,观海宁潮可得之景为"海色昼如空,夜如合,春如进,冬如归,夏秋如骄;日海平,雪海深,雨海悲,风海怒,月海乐",各有各的妙处。

这就叫"钱塘郭里看潮人,直到白头看不足"。

104

一张口唱尽男女与老少,两只手调动千军和万马。

这不是在歌颂哪个大人物,而是在说"皮影戏"。

皮影戏分江南、江北两大流派。江南皮影戏以浙江皮影戏为代表,而浙江皮影戏又以海宁皮影戏为代表。所以到嘉兴,不妨看一看皮影戏。四五个人表演,看上十来分钟,就是看个"专场"也不算奢侈。

皮影戏看似简陋,表演得精彩,照样勾魂摄魄。当年汉武帝思念倾城倾国的李夫人,有一个方士少翁就以棉帛裁成李夫人形象,入夜围帷,内张灯烛,投影于帷纱之上,恍恍惚惚仿若佳人重临。汉武帝当场激动得像"追星族"。

当年皇帝的待遇,现下我们随随便便就享受到了。

105

《红楼梦》毫无疑问是世界名著,而《红楼梦》走向世界,嘉兴有着大大的功劳,因为《红楼梦》是从嘉兴走向世界的。

乾隆五十八年(1793)农历十月二十,一艘南京的"王开泰商船",从嘉兴的乍浦港开往日本。除了货物,船上还装了六十七种中国的图书,其中就有《红楼梦》九部十八套。这条船于当年的农历十一月初六抵达日本长崎。《红楼梦》就这么出口了。

当时距《红楼梦》成书不过四十年,《红楼梦》正式刊印本《新镌全部绣像红楼梦》(就是所谓的"程甲本")出版才不过两年,看来《红楼梦》当年真是畅销啊。

106

你问我为什么连《红楼梦》出海的年月日都知道得那么清楚?那

是因为日本江户时期一个叫村上的日本商人,专做中日贸易。这日本人特细心,有本"差出账",详详细细地记录了每条商船上所运载的商品的情况。

顺便说一下,当年跟《红楼梦》一起作为畅销名著出口日本的,还有几部嘉兴人的作品。比如《消夏录》十部十套(作者高士奇,寄籍平湖)、《张杨园集》四部四套(作者张履祥,桐乡人)、《乍浦集咏》(作者沈筠,乍浦人)。

嘉兴人的作品,很早就有国际影响力了。

107

说到《红楼梦》,海宁市的历史文化街区南关厢,就有一座"红学馆"——海宁跟《红楼梦》实在很有缘分。

比如说,红学界有不少论著认为《石头记》原始作者是海宁人查继佐、查开,查氏水西庄为曹雪芹避难处,"金陵十二钗"是指"海宁陈家",妙玉原型为海宁陈家大学士陈之遴继室徐灿,等等。

比如说,乾隆年间有个海宁人徐嗣曾,在《红楼梦》刻印前,就以重金买了两部《红楼梦》的钞本,一个是八十回本,一个是一百二十回本。爱不释手,即使在担任试官时也要带在身边。

《红楼梦》问世不久,周春就写了《阅〈红楼梦〉随笔》,这是中国的第一部红学专著。不久,陈其泰写了《桐花凤阁评〈红楼梦〉》,要知道,这时的《红楼梦》还不登大雅之堂,足见其眼光过人。随后,王国维写了《〈红楼梦〉评论》,吴世昌写了《〈红楼梦〉探源》及"外编",这两部都是《红楼梦》研究的划时代杰作。小小海宁，竟前后出现了四位《红楼梦》研究的大师级人物。

108

王国维这样大众眼里的老夫子，读《红楼梦》已是让人有点惊奇，更令人惊奇的是，他还读过《资本论》，而且是原版。

据王国维的学生，也是国学大师的姜亮夫先生回忆，一天晚上，当时在清华大学国学研究院求学的姜先生，拿了自己写的一首词向导师王国维请教，看到王国维的桌上摆放着德文版的《资本论》，书上还画了不同颜色的记号。王国维对姜先生说，这是他"十多年前读德国人作品时读的"。

王国维与《资本论》

由此可见，王国维读《资本论》，不仅比1928年开始翻译《资本论》的郭大力、王亚南早了至少二十年，也比陈寅恪读《资本论》早了十多年，甚至比李大钊读《资本论》的时间也早了约十年，可能是中国现代史上最早接触《资本论》的学者。

倘若写《资本论》在中国的传播史，海宁王国维绝对是不可忽略的一笔。

109

烟雨楼在哪里？废话，难道不是在嘉兴吗？

这当然不是废话。烟雨楼当然在嘉兴，但河北承德的避暑山庄里，也有一个烟雨楼，长得还挺像。

话说当年乾隆皇帝六下江南，八上烟雨楼，又是观景又是赋诗，流连忘返，不亦乐乎。我估摸着，按他的心思，就住在这里算了。

不过，皇帝也有皇帝的难处啊，皇帝也要上班，还不能辞职，他不能在烟雨楼里办公啊。好在皇帝有钱，任性。当下就吩咐画工，把这烟雨楼详详细细画下来，回头在避暑山庄，依样画葫芦，也造一个烟雨楼。

于是乾隆四十六年(1781)，在避暑山庄起了一座烟雨楼，虽说是赝品，也有点不伦不类，但对乾隆皇帝而言，也能望梅止渴吧。

110

"嘉兴人开口烟雨楼，天下笑之。然烟雨楼故自佳。"

张岱在《陶庵梦忆》里的这一句，是有关烟雨楼的名言之一。嘉兴人听了,说不出的滋味,这到底是在夸嘉兴呢还是在讽刺嘉兴? 这酸不拉儿的破落户子弟,太损了。

且不去说它。嘉兴流传的一个小故事正可为这一句做注脚。

说以前有一个嘉兴男人,回到家来闷闷不乐。老婆问他怎么啦。他说,刚才酒席上大家夸自己家乡的景色,说了许多,我就说了一个烟雨楼,为众人所笑。

老婆也笑了:"嘉兴好景致那么多,你怎么就知一个烟雨楼呢? 是该笑。"

男人眼睛一亮:"那你说说看,还有哪些?"

老婆说:"很多啊,好比,嗯,好比,好比烟雨楼么。"

111

乾隆似乎很喜欢园林的"整体搬迁",烟雨楼如此,海宁的安澜园也是如此。

安澜园原是海宁望族陈家的私家园林,名叫"隅园"。1762 年乾隆南巡时,就把隅园作为行馆,并赐名安澜园。乾隆对这园子的结构景致十分喜爱,心痒痒,又想搬到北京,就让人把安澜园仔仔细细地画下来,在圆明园里依样画了个葫芦,"左右前后,略经位置,即与陈园曲折如一无二"。还大模大样地题名为"安澜园",根本就没有一点知识产权的意识。

放在现在,喜欢看哪个园林,打个"飞的",半天就到了,何庸这么劳民伤财。

112

嘉兴人总是温文尔雅的,很少会有人把斗牛这样剽悍甚至有点血腥的活动,跟嘉兴联系起来,但事实上,"掼牛"却是嘉兴的一项传统活动,为浙江省非物质文化遗产之一。

"嘉兴掼牛",妙就妙在一个"掼"字。斗牛士赤手空拳地同牛斗,把牛掼倒在地,不伤牛身,凭的是一股"四两拨千斤"的巧劲。说得玄妙些,不是人掼倒了牛,是牛掼倒了自己。这般的借力打力,不就是嘉兴人擅长的嘛。

不过,近年来,据说这牛难"掼"多了。只因现在的牛养尊处优,一身肥膘,老爷脾气。你推它一把,不动;你挑逗它一下,没反应;你狠狠踢它一脚,它懒洋洋走开几步,借力也无从借起。要把这一两千斤的大家伙掼倒,难也。

113

各种节日、礼俗、应酬、聚会,嘉兴人用什么来表示?一个字:酒。

比如海盐吧。生孩子,有"三朝酒""满月酒""百日酒""周岁酒";婚嫁,有"定亲酒""待媒酒""好日酒""交杯酒""回门酒""望早酒""新亲酒";祝寿,有"生日酒";造房,有"上梁酒""乔迁酒";丧葬,有"素酒""断七酒""除孝酒";节日,有"年酒""元宵酒""端午酒""七月半酒""中秋酒""重阳酒""夏至酒""冬至酒";种田,有"开秧门酒""了田酒";其他还有"分家酒""利市酒""拜师酒""过寄酒";至于"开业酒""接风酒"

"饯行酒""洗尘酒""状元酒""谢师酒"等,那更是必需的。

真是酒里乾坤大呵。

114

嘉兴人说家境贫寒、寅吃卯粮,怎么说? 就说"缸空甏空"。说家境富裕、日子红火,怎么说? 就说"缸满甏满"。

旧时嘉兴人家里最多的容器就是缸和甏,盛水的,盛米的,腌菜的,存酒的,放糕点的,全用缸和甏,甚至还可存钱——天然防潮、防虫蛀鼠咬。一家人的生活状况如何,就看他家的"缸甏指数"。

嘉兴有条街,就叫"缸甏汇",当年是远近闻名的缸甏交易市场,名气不亚于海宁皮革城。

115

金鱼,嘉兴人称为"金鲫鱼"。

以前想,大概是嘉兴人见识少,只知鲫鱼不知金鱼,就把金鱼叫作"金色的鲫鱼"。

后来翻书,才知这"金鲫鱼"说法比金鱼还早。清初《浙江通志》卷一〇二:"秀水县月波楼下为金鱼池,唐刺史丁延赞得金鲫鱼于此,后为放生池。"

看出点名堂来没有? 这丁延赞,乃是吴越国的官员,他做嘉兴刺史时,是宋开宝年间(968—976)。以前谈及金鱼,都会说到苏东坡在杭时的诗句"我爱南屏金鲫鱼",却不知一百年前嘉兴人已经在养金鱼了。李时珍说，金鱼"自宋始有畜者"。李时珍真是会卖关子，明明说到宋朝了，就是不肯说是在嘉兴蓄养的。

随便说一句，这"月波楼下为金鱼池"，其地在现在嘉兴市区的小西门横街育子弄一带，一直以来都是嘉兴的花鸟市场，十多年前才搬迁。当年我还去买过好几次金鱼，给儿子看着玩——一千多年前的丁延赞市长也就这待遇。

116

从空中俯瞰沪杭铁路嘉兴段，就会发现铁路在海宁硖石这里拐了一个弯，就像被青春撞了一下腰。

把铁路撞弯的不是青春，是青年。三十多岁的徐申如，是当时海宁最有名的大商人，硖石商会总理。噢，说他是徐志摩的老爸你就记得住了。

1908 年沪杭通铁路时，按原来的勘测设计，这段自上海到杭州的铁路，经由嘉兴、桐乡崇德直线施工。但桐乡的士绅们担心火车这"铁怪物"穿过桐乡，坏了好风水，竭力反对。徐申如却看出铁路"人利于行、货畅其流"的好处，一面向上通关节，一面说服海宁士绅筹集资金，联名具呈，恳请铁路绕道在海宁境内通过。

一边拼命要推出去，一边拼命要拉进来，这事就好办了，于是，铁路就在海宁拐了个弯。到现在说起此事，海宁人还是扬扬自得，桐乡人还是耿耿于怀。

这样有眼光有见识的徐申如，生出个徐志摩来，也是不稀奇的吧。

117

嘉兴人性格和顺,不喜欢打官司。邻居绍兴人以做师爷出名,但嘉兴人做师爷的却很少。为啥少?因为嘉兴人都去做法官了。

这自然是说笑话,但明朝时,嘉兴人确实以法官多出名。比如,明朝的刑部尚书,大致相当于集今天的公安部部长、最高人民检察院检察长、最高人民法院院长于一身,如此位高权重之官,想来也不会太多,其中嘉兴人就有整十个。更出现了一些世代在刑部做官的"刑曹世家",如屠勋家族、陆杲家族、马德沣家族等。

嘉兴人为什么做法官的那么多?一是因为嘉兴人会读书。明朝嘉兴一地出了六百六十六个进士。中了进士,就有官做,官多,法官自然也多。二是嘉兴人讲道理,办事公道,这样的人最适合做法官。

说起来,中华人民共和国最高人民法院第一任院长沈钧儒是嘉兴人,也不是偶然啊。

118

高山流水的故事大家都是知道的,经典中的经典了。

但这故事发生在哪里你知道吗?来,我来告诉你,就在我们嘉兴,海盐县武原镇东门村一个叫闻琴坊的自然村,村里还有一座桥,就叫闻琴桥。

这不是我说的,我可没那么大的学问。明朝天启年间(1621—1627)的《海盐县图经》上就记载了:"伯牙台,县东门外二十步,台侧有闻琴村、闻琴桥。《武原志》云："台基陀坡犹在，相传伯牙鼓琴于此。"明朝有个叫胡颜的诗人还有一首《过伯牙台》的诗："瑶琴久寂寞，古意向谁传。一自钟期没，哪能整绝弦？"可见这还真不是海盐人自说自话，那是得到大明朝文化界公认的。

我有个小目标，等我学会了古琴，就来到这伯牙台，弹上一曲，让俞伯牙、钟子期感叹一下，几千年来又有了一个知音。

高山流水遇知音

119

荷花是哪一天生的？

这问题有点无厘头，但风雅的嘉兴文人却给荷花定了个生日：农历六月廿四。

有生日，自然得庆生。要说嘉兴人为荷花庆生，也是很隆重的。旧时在这一天，嘉兴的文人雅士会齐聚在南湖游船上，唱唱昆曲、喝喝酒、谈谈心。前几年，嘉兴的昆曲社"玉茗曲社"，就在这天在南湖上举办了一次雅集。

荷花生日当然不能让文人们独享，市民们的节目是游湖。这一天，南湖游船汇集，大小船只数百。大船中有丝网船，可供酒菜，小船则盖船篷，摆渡载客。当年有歌谣"六月廿四七月七，嘉兴景致烟雨楼。大船停到密层层，小船停到水也浑"，热闹呵。

到了夜间，就在湖面上放荷花灯。千盏荷花灯漂浮于水面，带着美好的祝愿悠悠远去，真是如诗如画，如梦如幻。

120

"忆得当年识君处，嘉禾驿后联墙住。垂钩钓得王余鱼，踏芳共登苏小墓。"这首《送裴处士应制举诗》，是唐代大诗人刘禹锡写给他的发小裴昌禹的。

"嘉禾驿"，就是嘉兴呵。三国时，由拳县内"野稻自生"，孙权以为这是祥瑞，一喜之下，就把由拳改为"禾兴"。后来为避皇太子孙和的讳，改为嘉兴。唐朝时，嘉兴就被称为"嘉禾"，所谓"浙西三屯，嘉禾为大"。刘禹锡小时候就生活在嘉兴，钓钓王余鱼，游游苏小墓，开心得很。

大概少年时的刘禹锡名气并不大吧，现在嘉兴几乎没有刘禹锡的有关遗迹和记载。说来说去，嘉兴人就是低调啊。

刘禹锡与发小共钓王余鱼

121

刘禹锡诗中说到与发小共钓的王余鱼，也是很奇葩的一种鱼，看起来像只有半边身子。

这自然是有说法的。说是当年越王勾践在嘉兴时,在船上吃鱼脍,相当于现在吃生鱼片吧。船最忌讳"翻",船上吃鱼,鱼是不能翻身的,所以鱼脍只吃半边。勾践蘸着芥末,喝着黄酒,吃得开心,顺手就把吃剩的半边往水里一丢。这鱼也有勾践"卧薪尝胆"的本事,只有半边,照样活了下来。从此在江湖上有了个绰号叫"王余"——越王勾践剩余下来的鱼。

这王余鱼让你想起了什么鱼?对,王余鱼就是比目鱼。想不到这么浪漫的比目鱼却有着如此残酷的传说。本来嘛,爱情就是既浪漫又残酷的呵。

现在嘉兴不像刘禹锡那时能钓到王余鱼了,吃倒是经常能吃到,不过我们叫作"鸦片鱼"。这鱼其实跟鸦片半毛钱关系也没有,鸦片者,牙鲆也,这是比目鱼的正宗学名。牙鲆不好记,就顺口叫作鸦片鱼了——反正谁也没抽过鸦片,也没法比较味道像不像。

122

嘉兴人民公园里有块砖,是从嘉兴古塔真如塔上拆下来的。清顺治年间(1644—1661)重建真如塔,一个叫冯国祯的人捐献了六百块砖,这是其中一块,上面刻着"嘉兴县德化三都腾字圩信士冯国祯同妻程氏舍塔砖陆百块"等字样。"腾字圩"就是地名,其地在现在的南湖区东栅街道。

嘉兴的小地名中,"某字圩"这样的地名很多,七星街道有个张字圩,北门外杉青闸北有个来字圩,恒心路上有个地字圩,西塘镇有个盈字圩。嘉北街道有个"收藏村",不是这个村的人喜欢收藏,而是这村由收字圩、藏字圩合成。王江泾镇的原田乐乡,有菜字圩、重字圩、芥字圩、姜字圩,对了,合起来就是《千字文》中的"菜重芥姜"。

明朝初年,为了管理粮税,把嘉兴的农田按《千字文》统一编号。《千字文》当年是童蒙教材,人人耳熟能详,看到一个腾字圩,立马就知道这是《千字文》第九句"云腾致雨",名列三十四。这些圩名后来慢慢地演变成了村名,有些就一直传到现在。

123

现在说到嘉善,最有名的地方自然是西塘,但嘉善县城却是在魏塘。

其实西塘和魏塘一直就是嘉善平分秋色的两个名镇。明宣德年间(1426—1435)建县时,西塘、魏塘都想成为县治,这意味着迎来一个发展的良机——这倒和现在撤乡并镇时争镇政府所在地有点像。两个镇的规模、经济、影响都不相上下,所以当时的浙江巡抚也是举棋不定。这时,有个叫袁颢的书生(就是大名鼎鼎的袁了凡的曾祖)建议效仿古太史公之法"称土定治",就是称一称哪个地方的土地更重。结果魏塘的土略重,就此定魏塘为县治。

称土,用现在的话来说,就是测试土的可塑性和密实度。旧时一城的安危全在城墙,而城墙是用土夯筑的,土重不重就是一个很现实也很重要的事了。"称土定治"大概也算是一种土地崇拜吧。

124

海盐县武原镇上有尊雕塑,一位老将军骑着踢雪乌骓,手舞双鞭,威风凛凛。如果你熟读《水浒传》,就会一眼认出,这是五虎将中的天威星双鞭呼延灼,坐的是梁山第八把交椅。

《水浒传》中的呼延灼跟海盐没关系呵?不错,但《说岳全传》里有。说的是当年宋高宗赵构被金兵追至海盐,狼狈不堪,海盐县官请出了隐居此地的梁山好汉呼延灼。八十高龄的老将军威风不减当年,在海盐西门先斩金将杜充,再敌主将兀术。不料在拨马回城时,因吊桥年久失修,马失前蹄,被兀术一斧砍死。

小说家言,自然不必当真,但海盐却因此有了呼延灼的传说。比如西门吊桥下面的水,大旱不枯,更有两条大黑鱼出没——那是呼延灼的两条钢鞭变的。再比如海盐有姓吾的,据说就是呼延灼的子孙,为逃避奸臣迫害而改姓为吾。我有个海盐的朋友正是姓吾,酒喝多了就说起自己姓氏的来历,一脸自豪,我都不好意思告诉他,世上可能并无呼延灼其人,那只是小说中的人物而已。

125

小时读到刘邦定都长安,大为惊异。长安?几里路外不就是长安吗?我还去过几次呢。当然,想一想就明白,不过是同名罢了。不过,还是有种莫名的自豪。

长安是海宁的一个古镇。长安之名,据说是由"长河"衍化而来,有时也写作"长杭",跟现为西安的长安其实没有一点关系。但当年的长安,其实也是非同小可,只说一点,《马可·波罗游记》中就专门提到了长安——这待遇够高了吧。马可·波罗是这样写的:

"兹从此城发足,请言长安城。应知此长安城甚大而富庶,居民是偶像教徒,保用纸币,恃工商为活,织罗甚多而种类不少——自长安发足,骑行三日,至蛮子国都行在城。"

当时马可·波罗从吴兴出发,来到杭州,中间经过长安。这长安只能是我从小就熟悉的长安。想当年我读小学时,也到过长安,也写了一篇游记,也记载了长安的繁华,文笔也是不差。哎,现在要是留着,倒可跟马可·波罗比一下了。

126

嘉兴的王江泾,相当于浙江的温州吧,以老板多出名,而且从明清以来一直就是"老板之乡"。

话说当年王江泾有个陶老板,一日到苏州看戏,看的是名班"绝秀班"。演员们见这个土头土脑的家伙看得迷,存心取笑他,说:"你既是如此喜欢看戏,何不专门请我们到你家里去演。也不贵,每场二百两银子而已。不过我们有个小要求,每天得有火腿和风鱼下饭。"

演员们是想看这土财主惊得目瞪口呆的样子,以为笑料。不料陶老板竟一口答应,而且一订就是一百场。

戏班来到陶家。陶老板把门一关,让演员们自己在院里演戏,没一个观众。每餐吃饭,火腿、风鱼随便吃,别的菜一个也没有。如此十天下来,戏班吃不消了,只得向陶老板道歉,陶老板这才放过他们。

这是清代嘉善人金安清在《水窗春呓》中讲的故事。假如当时我在场,一定要送给陶老板四个字"有钱、任性",也一定要送给戏班四个字"不作、不死"。

127

现代人很讲究学历,其实古代人更讲究,要是没有考中进士,即使做了官,也同样被人看不起。

冯梦龙的《古今谭概》中记载了一个嘉兴府同知王清的故事。同知是太守的副职,相当于副市长吧。这王清从小吏一步步做到同知,能力肯定不错,但进士出身的太守还是瞧不上他。一日两人同到孔庙祭拜,太守指着孔子像问王清:"这位老先生,你可认得?"言下自是嘲笑王清。王清老老实实地说:"认得,这位老先生学问、人品都是极高,只是没有考取过功名。"科举从隋唐才开始,孔子当然不会中举人进士。王清这一答,也是巧妙之极,太守只得哑然。

以后倘碰到以"教授""博士"头衔唬人的,大可以也这么学上一学。

128

菱,好多人都叫作"菱角",这大致是不错的,但要是在嘉兴这么说,就有那么一点不妥,因为,嘉兴南湖的菱,是没有角的。

南湖菱,又叫作无角菱、馄饨菱、馄饨青、元宝菱、团角菱、圆菱、和尚菱,叫法各异,但说的都是一个意思,就是在说它没有角。

奇怪的是,同样的菱,种到别的地方,这角就又长出来了。这中间的道理,老实说,我一直没有弄明白。只能说一句"不看不知道,世界真奇妙"。

清朝乾隆时的嘉兴人项映薇在《古禾杂说》中说:"菱以南湖产者为最,所谓南荡菱也。角圆而壳薄,肉细而味甜。"

"角圆而壳薄,肉细而味甜",这是南湖菱最好的广告词了。

129

嘉兴人给外地朋友送点小礼品,一般都会选择粽子,无论是个人还是单位,粽子肯定是首选。不过,很多嘉兴人不大送真空包装、外观漂亮的礼品粽,而是选择送装在竹篓里的新鲜粽子。礼品粽,说不定外地的超市里也能买到(嘉兴粽子遍天下啊),而这竹篓粽,必定是在嘉兴现卖的,这就显得郑重其事了。

当然,嘉兴人不会这么说,而是淡淡一笑:这个,新鲜点,便宜,呵呵,便宜啊。

130

请人吃水果,要是拿出一盆说,来,一人一颗。客人多半要不高兴。但如果是槜李,客人不但不会不高兴,还会觉得"与有荣焉"。

因为这种水果实在太难得了。旧时文人要是得到一盒槜李,那是很当作一回事的,请来几位志同道合者,一本正经地赋上几首诗,然后一人一颗分而食之,号称雅集。当年嘉兴文人谭贞默,专程给文坛领袖钱谦益送上槜李,钱谦益的夫人柳如是一眼认出乃是嘉兴有名的徐园李。钱谦益大感兴趣,当即赋诗两首。

要钱谦益写诗来赞美一种水果,容易吗?

最为正宗的槜李,据说是净相寺的。朱彝尊在《槜李赋》中讲了个故事。清朝时,净相寺的槜李名气太大了,官府就老是来讨要。寺庙乃清净之地,和尚们哪受得了这个,一气之下,把槜李树砍去了一大半。用嘉兴话讲,这叫"打翻狗食盆,大家吃勿成"。于是,本来就很少的槜李树就更少了。

看看,官府作风不正,吃拿卡要,害得几百年后人民群众不能尽情地品尝美味,真是太可恶了。

131

有个朋友,"毛脚媳妇"在外地,每次亲家来嘉兴,他总是招待得极其隆重、周到,偶尔可以是两家共同承担的费用,他也乐呵呵地抢着掏腰包。

这位朋友当然有他的一套理论。他说,他就一个儿子,亲家也就一个女儿,他的家产全是儿子的,未来亲家的家产也全是女儿的,两家合一家,亲家的不就是他家的?现在说是我花的钱,其实是花大家的钱。两家的钱,他来花,还落了个热情大方的好名声,何乐而不为?

只算大账,不算小账,既算经济账,又算政治账,这就是精明、聪明、高明的嘉兴人。

132

嘉兴话里有个表示"厉害"的程度副词,叫作"海完"。"大得海完",就是大得很,"开心得海完"就是很开心很开心。这个"海完",据有人考证,乃是"海外"的讹变。临海的嘉兴澉浦早在宋代就是开放的港口了,西洋货物源源不断进来,嘉兴人早就知道了海外来的大多是好东西。"海外"就直接用来表示厉害了。

133

朱彝尊的《鸳鸯湖棹歌》,在嘉兴那是人人耳熟能详,其第一首为:"蟹舍渔村两岸平,菱花十里棹歌声。侬家放鹤洲前水,夜半真如塔火明。"这第三句的"侬家",许多地方刻的、印的、画的,往往是"依家"。

这其实怪不得嘉兴人。朱老夫子的"侬家"是"我家",而现在嘉兴话里的侬,恰恰是"你"。放鹤洲这么好的地方,怎么是"你家"的呢?"依家",依傍着的还是我的家。

嘉兴人虽不知"侬家"啥意思,照样把朱彝尊的意思说了出来,这就叫得意忘言。

134

嘉兴人喜欢吃蟹。旧时酒肆里的老板娘要是剥得一手好蟹,那是很值得夸耀的事。嘉兴话里也有很多的"蟹"。螃蟹过河——七手八脚;叫花子吃死蟹——只只好;螃蟹裹馄饨——里戳出。如果说某人是老江湖,那就叫"老蟹"——听着像是潜伏着的地下党。

当然,说得最多的还是这一句:"死蟹一只"——那就是"一眼眼"办法也没有了。

嘉兴的文化名人似乎都喜欢吃蟹。桐乡人丰子恺说"吃蟹是风雅的事,吃法要内行才懂得"。明代周履靖在《群物制奇》里有糟蟹法,清初朱彝尊在《食宪鸿秘》里有蒸蟹法,顾仲《养小录》里详细记载了如何酱蟹、蒸蟹、糟蟹。生物学家贾祖璋写得出《蟹》这样的科普名作,当然也是吃蟹高手。

135

大闸蟹是嘉兴人的最爱之一。嘉兴人吃蟹,要吃"九雌十雄"——农历九月吃雌蟹,十月吃雄蟹。

嘉兴人吃蟹,要体现文化、修养、情趣和人生经验,听说以前富贵人家有号称"蟹八件"的专用工具,包括小方桌、腰圆锤、长柄斧、长柄叉、圆头剪、镊子、钎子、小勺,用来垫、敲、劈、叉、剪、夹、剔,端的是小巧玲珑、方便实用,吃过的蟹壳,拼起来还是一只完整的蟹。

像我这样拿起来就吃,连壳带肉嚼几下就吐在桌上的,有个专用名词,叫作"牛吃蟹"。

"拆"蟹的讲究——蟹八件

136

口味清淡的嘉兴人,却很喜欢吃醋,老嘉兴人烧菜都喜欢放点醋,吃烧麦、生煎当然要蘸醋,有时面条里也得加点醋,更不必说嘉兴人的至味大闸蟹,醋绝对是标配。如一个笑话说的,家里还剩点醋,不想浪费了,买两斤蟹来吃吃吧。

嘉兴人吃醋,最认的是"南湖香醋"。前几年南湖香醋停产时,老嘉兴五瓶十瓶地买醋。

停产后,有次我和电视台一个记者到海宁黄湾采访,路过一个乡下小店,发现竟然还有"南湖香醋"。这嘉兴市区的"土著"喜出望外,把店里的货一扫而空——总共有五瓶之多。上车时还一个劲地唠叨:嘉兴买不到,嘉兴买不到。

137

嘉兴人说某人——尤其是小女生——笑得很开心,有一句叫"笑得像调散蛋"。

"调散蛋"者,水炖蛋也。大概做水炖蛋先得在碗里把鸡蛋调匀。筷子在碗里调得"咯咯咯"的,像不像清脆的笑声?以"调散蛋"来比拟笑声,既形象又别致,还透着一股调侃劲,真是绝了。

138

细胞这词,说起来也是我们嘉兴的方言,这听着像奇谈怪论,却是实实在在的事。

当年"cell"一词随着西学的浪潮进入中国。这词该怎么翻译?一时各种译名五花八门。海宁人李善兰翻译了一本《植物学》,里面把这个词翻译成"细胞"。

为什么叫"细胞"?因为在嘉兴话里,细除了是粗的反义词,更是形容"比小更小",如"咪咪细""实细"。以此来形容这个在显微镜下才能看清的玩意儿,岂非传神?"细胞"一词,由此风靡。

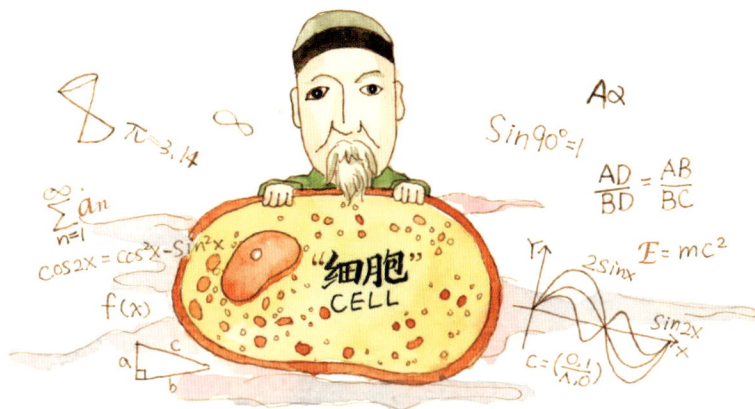

$\pi \approx 3.14$

$\sum_{n=1}^{\infty} a_n$

$\cos 2x = \cos^2 x - \sin^2 x$

$f(x)$

$A\alpha$

$\sin 90°=1$

$\dfrac{AD}{BD} = \dfrac{AB}{BC}$

$2\sin x$

$E = mc^2$

$\sin 2x$

$C = \left(\dfrac{0,1}{1,0}\right)$

"细胞"
CELL

"理科生"李善兰翻译了大量理工科论著,因此现在许多常用的理工科词汇来源于他的译著

139

假如一个小男孩跟你说,"我太太"怎么怎么的,千万别莫名惊诧,小男孩不会有老婆,他是在说他爷爷的父亲或是母亲。

假如一个小姑娘指着一个慈眉善目的老太太说"这是我亲妈",千万别脱口而出:"怎么你妈年纪比你大介许多?"这是她祖母。

那么,她的祖父要叫"亲爸"了? 啊哟,不是的,是叫"大爹",嗯,也有叫"爹爹"的。

"爹爹"? 那不是父亲吗? 不是的,我们嘉兴人叫父亲从来只叫"爸爸"的。

哦,那爸爸的兄弟就叫"阿伯"了?哎,你又错了,"阿伯",那是爸爸的姐姐;爸爸的兄弟,我们叫"大伯""小伯"。

对,我们嘉兴话就是这么有趣。不妨再告诉你一个秘密,在乡下,假如一连四五个姐妹,那么,这个大姐姐,是要叫"大阿哥"的。别问我为啥,我也不知道。

140

嘉兴盛产湖羊,故而嘉兴的羊肉也是盘中美味。随便数数,乌镇拆骨羊肉一定要吃这一岁的"花窠羊",新塍的蒸缸羊肉带皮吃更具糯感与咬劲,澉浦羊肉前腿最佳"腰窝"次之。嘉兴更有个地方叫"羔羊",那里的小羊肉又嫩又滑,孕妇吃了,生下来的孩子皮肤特别好。冬天不吃上几回羊肉,都不好意思说自己是嘉兴人。要吃上了羊肉呢?说句嘉兴话,那是"打尼光(耳光)也不放"。

141

要是觉得常吃羊肉太奢侈,那就来碗羊肉面吧,"酥羊大面"最好。羊肉被剁成二三两的一块块,用稻草五花大绑,用酱油、白糖、黄酒浸淫既久,在瓦缸中焖煮到熟极而烂。面条与羊肉分别用一大一小两个蓝边碗盛开,这叫"过桥羊肉面"。要是喜欢配点小酒,那就来上二两五加皮或是"善酿",再叫上三五知己,有一搭没一搭地闲聊。

红泥小火炉,酥羊大碗面,窗外雪花飘,头上细汗冒,呀,人生了无遗憾矣。

乌镇羊肉面

142

现在说到白切羊肉,都道是新疆的最好,这自然是对的,其实嘉兴的也不错。

最正宗的做法,是先将整羊在大铁锅中用干柴煮至熟透(想象一下,这得多大的锅),捞出来放在门板上(门板也得大啊)。大厨双手握住羊蹄,缓缓推过去又拉回来又推过去,蓦地一个翻身,"哗"地一抖,羊肉砉然一响,如土委地,堆满门板。大厨手中赫然只剩一副骨架,傲然四顾,踌躇满志,做艺术家状。

一等吃客,则以白切羊肉蘸椒盐、蘸蒜泥,细腻爽滑,鲜美无比。可惜,现在看不到这样的做法了。

143

嘉兴话里，"两"有两个意思，一个是确定的"两个"，一个是不确定的"数个"。说"前头有两个人"，到底是比三个人少一人的"两个"呢，还是两三个的"两个"，全在轻重语气上，只可意会不可言传。反正嘉兴人一听就知，要不是嘉兴人，说了还是不知道。

144

当年读《水浒》，看到叫老虎为"大虫"，不禁莞尔。武松打"大虫"算什么，我还经常打"老虫"哩。嘉兴人称老鼠为"老虫"，大概是老鼠在生肖中排成第一的缘故吧。据说楚地称老虎为"老虫"，他们要是到嘉兴来，听到"老虫"出没，还不吓死？明朝时有个叫江盈科的文人，他是湖南人，到江南来做官，就闹过这样的笑话。他还把这事一本正经地写进了他的《雪涛小说》里。

145

今天晚上吃什么？吃"弯转"。这"弯转"怎么个吃法？弯转者，虾也，这是嘉兴人的独特叫法。

嘉兴是蚕桑产地，跟蚕有关的禁忌木佬佬。这虾音"霍"，跟一种蚕病"霍"（一种蚕的血液性脓病，又称"水白肚"）同音，所以是不能说的，要换个说法。还有姜也不能说，要说"辣哄"，因为，蚕是万万不能"僵"的。

谁说只有皇帝才有避讳，我们嘉兴的蚕也有，同等待遇。

146

20世纪90年代，有年嘉兴发大水，一位中央领导来嘉兴视察灾情，乡里干部介绍情况，说到什么yú怎么样，什么yú又怎么样。这位领导听不懂，说写下来，一看，不就是"圩"(wéi)么，说什么yú。

其实，这位领导冤枉了嘉兴人。嘉兴乡下读的是古音，北宋的《广韵》写得明明白白——"圩，上平云母虞部三等合口"。转换成听得懂的，就是yú。围巾，嘉兴人叫"yú巾"，喂饭，嘉兴人叫"yú饭"，嘉兴有个地方叫"王店"，老嘉兴人叫作"yáng店"，也是这个道理。嘉兴人，古风犹存啊。

147

老嘉兴人说"到苏州去哩"，多半不是去旅游，而是要睡觉了。

当年从嘉兴到苏州，乘轮船，傍晚上船，睡一觉，天亮就到了。去苏州就成了睡觉的代名词。"姑苏城外寒山寺，夜半钟声到客船"，其中有一班就是嘉兴来的。

嘉兴人称游玩叫"白相"。白相，说起来是土话，但也可说是高雅的古话。《诗经》中就有"东门之枌，宛丘之栩。子仲之子，婆娑其下"。据国学大师黄侃考证，这"婆娑"就是"白相"。再说开去，"盘桓""徘徊"其实也就是"白相"，明清戏曲中常见到的"字相""勃相""薄相"也就是"白相"，一声之转而已。

清朝的嘉兴人钱载喜欢把本地土话写到诗中，他的《莳门口号》中有"荷花船好便修媞，薄相来消荡口风"的诗句，还自注一句"修媞、薄相，皆吴下谚。薄读如勃"。

原来我们男女老少都在说古文，只是自己不知道啊。

148

某年，有一外地代表团来桐乡农村考察交流，时近饭点，桐乡市领导询问，中饭是在乌镇吃，还是去桐乡吃。对方迟疑了一下，客气道，乡里就可以了，就别去镇上了。

这位领导不知道，桐乡可不是个乡。他可能更不知道：许村不是个村，濮院不是个院，姚庄不是个庄，上市不是个市，王店不是个店，乌镇不是个——噢，乌镇倒真是个镇，叫作乌镇镇。

149

嘉兴有种美味叫"熏拉丝"，香滑鲜嫩，紧致有劲，饭店里常作冷菜，也有当零食吃的，淘宝上的网店据说生意还挺不错。

这"拉丝"是什么东西？那你饭吃了没有？说出来你别呕——就是癞蛤蟆！对，就是这个丑陋的家伙。我有个同事，湖北人，当时吃得挺欢，一听说是癞蛤蟆，手足无措，"哇"一声当场吐了出来。啧啧，太脆弱了。我们嘉兴人就是有这种化腐朽为神奇的烹饪本领，更有天鹅吃癞蛤蟆的反潮流精神。

对了,为了照顾外地食客的情绪,我们给这道菜取了个别名,叫作"梦天鹅"。

150

海宁的新婚小夫妻新年走亲戚,亲戚家要招待吃"糖蛋",就是荷包蛋加糖烧,一般是六个或八个。新婚夫妻一天总要走上三五家亲戚(新年不走动就意味着这门亲戚"断"掉了),每到一家意思意思吃上一两个,一天下来也是"吃饱了撑的"。

也有新娘的小姐妹比较促狭,以过来人的口气告诫新郎,人家好意请你吃糖蛋,不吃光那是很不礼貌的,新娘会很没面子。新郎不敢造次,在主人家诧异的目光中一口气吃了七八个,两三家走下来,腰都弯不下去,汽车也不开了,干脆跑步消食。

151

喝茶,嘉兴人叫"吃茶",抽烟,嘉兴人叫"吃烟",凡是通过嘴巴到肚里的,一言以蔽之,曰:吃。

嘉兴人几乎没啥不能吃的:

吃苦头、吃生活、吃家生(挨打)、吃排头(被斥责),这个"吃",是遭受的意思。

吃吃牢,吃进去点,吃水蛮深,这个"吃",是嵌入的意思。

吃牢伊,吃吃侬,吃豆腐(挑逗女人或是调戏人),这个"吃",似乎有点欺负的意思。

吃酸、吃瘪、吃硬，这个"吃"，就只可意会不可言传。

还有，腔调叫"吃相"，走红叫"吃香"，神气活现叫"吃价"，上当中招叫"吃药"，认输、认账叫"吃进"，费时间叫"吃工夫"，路道粗、行得通叫"吃得开"，靠女人叫"吃软饭"，迷恋某人叫"吃煞伊"，表白被拒叫"吃弹弓"，受气叫"吃轧头"，有把握叫"吃得准"，用公家的钱叫"吃老公"，生意没开张叫"吃白板"，两头受气都不讨好叫"吃夹档"，说话、唱歌结巴叫"吃螺蛳"，失业在家叫"吃老米饭"，说话生硬叫"吃生米饭"，给人点厉害尝尝叫"吃辣货酱"，空喜欢叫"吃冰淇淋"，虚假承诺叫"吃空心汤团"。

所以当某个小姑娘一脸幽怨地说"我勿要忒吃伊噢"，不要吃惊，她不是要吃人，她是在说：爱他爱得无法自拔了。

嘉兴人，有的吃哦。

152

嘉兴人有时候说"我们"，其实意思是"我"，奇妙的是，说的人和听的人都不会觉得别扭。几个女人一起聊天，"我们家的房子"如何如何，说的是"我家的房子"。"我们家儿子"如何如何，说的是"我的儿子"。甚至会说"我们家老公"如何如何，不必大惊小怪——其实说的是"我的老公"。

当然这不能讲语法。我理解这是一种修辞，使语气更委婉、更平和，营造一种"我们是一家人"的亲切友好气氛。嘉兴人就是这样细致入微。

153

"侬贵姓?""我姓 hú。""噢,胡司令的胡。""不是的。""那是'人可何'还是'口天吴'?""都不是,是'加贝贺'。"

这不是相声,而是在嘉兴完全可能发生的事。嘉兴话里,胡、何、吴、贺四个姓,读音一样,全是"糊",成心让人糊里糊涂。

嘉兴话里,王与黄不分。你的姓是"草头黄"啊还是"三横王"啊?是三点水的沈啊还是"子小孙"啊? 是"走肖赵""曲日曹"还是"刀口邵"啊? 是"人则俞"还是"干钩于"? 不这么问一遍,难免要出洋相。专家说这叫平舌翘舌不分,前后鼻音不分,乃因古风犹存。

不过,嘉兴话也有好处,江与姜,我们就分得很灵清,不要专门说"我的姓是'美女姜'",除非真是为了强调自己长得漂亮。张与章也分得清,不用说"弓长张"还是"立早章"。

更有意思的是,嘉兴人把龚读作"冏",这也是古音,古代韵书中龚就有"俱容切""居容切"两个读音。古人有先见之明啊,否则人家一个姓龚的中年男人,你一口一个"老公(龚)",岂不尴尬!

154

嘉兴人说某人精明,就说他"门槛精"。门槛还成精了?《聊斋志异》呢。不是《聊斋》,是《西游》,是猴子(monkey)精。猴子都成了精,一般人当然玩不过了。

嘉兴人说打招呼、暗示,叫"划领子"。划领子,裁剪衣服呢? 不是,是 leads,lead 的复数形式,是提示、暗示、线索的意思。听的人要是领会了,那自然就是"接领子"。

嘉兴人说某人档次低、拎不清,叫"夹(读作 ga,是轻声)三货",夹的是哪三样货？其实没有货,是 gossip(流言蜚语)。说长道短、爱说闲话的人,既不聪明又让人讨厌。

嘉兴人说某人干活马马虎虎却又想蒙混过关,叫"混腔势"。是装腔作势的意思吗？是说话含混不清的意思吗？都不是,是"混 chance(机会)",找机会浑水摸鱼。

嘉兴人说某件事让人感到烦心不好处理,叫"肮三";某个人令人不快、难相处,也叫"肮三"。肮三者,on sale 也,廉价拍卖的东西,当然不会是什么好东西,引申到人,自然不是什么好人。

嘉兴人说心情恶劣、愤懑郁结,叫"恶塞"。是胸口塞满了恶意的意思吗？不是的,是 worse 的意思,指更糟糕、更恶劣。

嘉兴人说阁楼上的窗叫"老虎窗",阁楼里当然不会关老虎,这是"roof(屋顶)"的窗。不过呢,"老虎灶"(以前专门供应热水的灶)就跟"roof"关系不大了。

嘉兴人称某人傻不拉几,叫"阿木林",听着像个日本名字,其实是"a moron",moron 是指那些虽然成年心智只有小孩子水平的痴愚者。

这大概就是所谓的"洋泾浜英语"。嘉兴自然没有洋泾浜,这些说法,大致是从上海传过来的。

155

嘉兴话里有个词叫"推扳"。这词有两个意思。一指相差极大。

"这两个人推扳大了"，是说这两个人没一点相似。一指很差劲。"这两个人有点推扳"，是说这两个家伙实在差劲。

嘉兴河网密布，船曾经是嘉兴最普遍的交通工具，摇船的时候，把橹向外推出去，叫推。向内扳回来，叫扳。那完全是两个方向，相差当然大了。要是再夸张一点，就叫"大推八扳"，狠狠地推出去，与连扳八大扳，更是相差不可以道里计。

那这跟差劲有什么关系？确实一点关系也没有。差劲用英语怎么说？Too bad！对了，谐音不就是推扳嘛。这也是从上海传过来的洋泾浜英语。

这两个"推扳"，意思"大推八扳"，一点都"推扳"不起，一不小心弄错了，那就太"推扳"了。

156

嘉兴话很多动作后面都会加个"发"字。如"跳发跳发"，是蹦蹦跳跳的意思；"荡发荡发"，是东游西荡的意思；"踢发踢发"，是踢了一下又一下的意思。"相发相发"，是偷偷地看了一眼又一眼。

还有两句更著名的，一句是"轧发轧发，越轧越发"，一句是"摸发摸发，越摸越发"。嘉兴一些地方有"轧蚕花"的习俗，其寓意是祈求来年蚕茧大丰收，这两大"发"就来自这一习俗。轧发，就是挤挤挨挨，轧蚕花要往人多的地方挤。摸发，就是摸摸索索，摸的是啥么——民间陋习，少儿不宜，哈，我就不说了。

看看，嘉兴人做事都喜欢加个"发"，讨彩头啊。

157

嘉兴有个团，叫"千女团"。"千女"，不是说有一千个女人。这个"千"字，我专门请教过"千女团"的美女团长。她笑说，这"千"乃是嘉兴话"千煞煞"的"千"，也有千姿百态、千变万化的意思在里头。

嘉兴话的"千"有点类似"发嗲""作"，似乎不是个好词。不过，当用来说自己时，就是自嘲中有点自夸，自夸中有点自轻，自轻中有点自爱，自爱中有点爱谁谁了。

所以这"千"，也不是谁都能"千"的，据说这"千女团"团员，须是知识女性，要有高等或专业教育背景，还得有一技之长，比如茶道、花道，比如琴棋书画，比如烘焙、舞蹈，总之是很小资的。

这世道，连"千"一下也要讲够不够格，嘉兴的女人，也太会来事了。

158

鲁迅说嘉兴人王国维"老实得就像火腿一样"，那是他绍兴人的说法。嘉兴人说人老实，就说"老实得阿弥陀佛"，像尊佛一样，不会生嗔，不会动气，只有慈悲心肠。

还有个说法更有意思，叫"老实得没有肚脐眼"，人怎么会没有肚脐眼？这简直有点匪夷所思了。意思大概是说，连肚脐眼也没有，更别说心眼了。

159

嘉兴以粽子出名,嘉兴粽子的名目很多,有大肉粽、豆沙粽、排骨粽、枣泥粽、蛋黄粽、火肉粽、白水粽、赤豆粽、鸡肉粽、板栗粽、虾仁粽,等等等等。

但有一种粽子,估计你没吃过,这叫灰汤粽。

把稻草烧成的灰用开水冲一冲,这就是灰汤了。糯米粽在这灰汤里浸上几个小时,然后再煮熟,就是灰汤粽了。这灰汤粽,颜色是略带透明的灰白,吃起来有咬劲,更有一股独特香味。

嗯,以后要是粽子沾上了灰,别急着掸掉,咬一口,说不定别有一般滋味上心头呢。

灰汤粽

嘉兴有意思

160

一次请一外地朋友吃饭,他看着一道热气腾腾、香气扑鼻的菜,端详良久,沉吟道:"你们嘉兴的芋艿,这个不大一样呵。"

我呵呵一笑,学着包不同的口气说,非也非也,此非芋艿,此乃慈姑也。

慈姑,是嘉兴常见的一种水生植物,我们从小见惯了,每见到外地人不识,总觉得很奇怪:慈姑啊,这也不认识?

慈姑,很多书上写作茨菇、茨菰,看着很像是正规大名,不过我觉得叫"慈姑"更有文化。《本草纲目》上说了,慈姑一株生十二个果实,就像慈母养育十二个孩子,所以叫作慈姑。

小时候听老人说,这慈姑一般一株产果十二个,如果是闰年,则会产十三个。原来慈姑还可以当日历看,听着很神奇。别问我为什么,我也没有检验过,更不知什么缘故,不过古籍上倒记得明明白白,《尔雅翼》有云:"慈姑岁根生十二子,如慈姑之乳众子,故名。岁有闰,则生十三子。"

慈姑红烧肉是我很喜欢的一道菜,那叫一个香。

161

花生米、兰花豆、臭豆腐、炒螺蛳,这"一荤三素",是嘉兴喝酒人的当家菜。

看一个嘉兴人是不是喜欢喝酒,不要看他喝什么酒,要看他以什么下酒。倘若以花生米、兰花豆、臭豆腐、炒螺蛳这"一荤三素"下酒,喝得津津有味的,那绝对是"资深酒民"。

嘉兴人有个说法"一根洋钉过顿酒",吮吮铁钉上的那股铁锈味也能下酒,那才是真爱。倘若酒是这般喝法,还能优哉游哉地喝上几个钟头,那就是"骨灰级酒民"。这种喝酒,嘉兴人名之曰"摊酒"。我的朋友、作家陆明兄说,他一人独酌,一瓶半斤"小糊涂仙",可以喝上三四个钟头。要是手头有一份报纸,报纸上碰巧是难得的好文章,那是可以不计时辰,"摊"下去看的。

162

冷,这是个常用词,要是咬文嚼字起来,其实有两个意思。一个是客观上的冷,冬天零下五摄氏度,那是冷。一个是主观上的感受,夏天气温骤降到十五摄氏度,穿件 T 恤挡不牢,也叫冷。一个人说"今天有点冷",可能是说天气冷,也可能说是自己感到很冷,当然,更有可能是天气冷,自己也感到冷。

这真不是说废话。嘉兴话里就有一个字"溰",专门指主观感受上的冷。嘉兴人说:"今朝天气冷,侬穿来介少,溰伐?"这"冷"与"溰"就不能倒过来说。

说起来这"溰"也是个古字,《广韵》中说:"於孟切,音溰。溰溰,冷也。"看来,没有空调的古人,对天气的感受确是比现代人敏感呵。

163

嘉兴月河旁有条小巷叫"便民街",不过你要是到月河问便民街在哪里,嘉兴人多半不知道,因为嘉兴人都叫它"蒲鞋弄"。倒不是如想象的先叫"蒲鞋弄"再改"便民街",这街从明朝时就叫便民街,但嘉兴人就是一直叫它"蒲鞋弄",大概是因为嘉兴人对蒲鞋有感情吧。这一点上,嘉兴人也是很固执的。

这蒲鞋,其实就是一种有鞋帮的草鞋。我小时候就穿过。夏天穿蒲鞋,又凉又爽。冬天穿芦花蒲鞋,防水保暖,走泥路也不滑。真正是居家旅行之必备良品。

我们乡下有句老话"拾蒲鞋配对",大致相当于"捡到篮里就是菜"的意思。因为蒲鞋不分左右,捡到一只,总能配成一双。还有一句叫作"蒲鞋着到洋袜里",鞋子怎么可能穿到袜子里呢?那就是指以讹传讹,三人成虎了。

164

嘉兴市区有条老街,长不过六百米,宽也就七八米,却有个气魄宏大的名字:北京路。

是嘉兴人的幽默?倒也不是。这条小街原来叫塘湾街,街面全是青砖铺成,倒也有特色。后来改成水泥路,因一头是北丽桥,一头是端平桥,就叫了"北平路"——这倒是有点幽默。

再后来,北方那个大城市北平都改成北京了,再叫北平路就有点不合时宜了，那，也就跟上潮流，叫"北京路"了。

北京路是嘉兴最有特色的老街区，当年还专门有过一本书《走过北京路：嘉兴一条百年老街的文化芯片》。为一条街，专门编一本书，也算一桩事情了。

165

大运河南下进入嘉兴的第一桥，叫作"端平桥"。这端平两字有点让人费解，有传说原来叫作"瑞平桥"，是乾隆南下江南时朦胧看错了，脱口而出"端平桥"，皇帝金口，一锤定音。不过我想，桥下正是运河拐弯处，水流湍急，倘说这桥名是寓意"一碗水端平"，也是说得通的。

旧时的端平桥，大概是为了让帆船通过，造得很高，但桥两边又是闹市，没法做引桥，所以桥身又高又陡。嘉兴运河上有三座这样又高又陡的桥，乃是秋泾桥、北丽桥、端平桥，市民叫苦不迭，竟有人以谐音称之为"抽筋、剥皮、短命桥"。

20世纪五六十年代，市民家里没有卫生间，只能倒马桶。此地唯一的公厕在端平桥东，桥西的市民需要走上这高桥到桥东去倒马桶。上坡时拎个马桶颤巍巍倒也罢了，下坡时，一个失手，马桶直滚而下，那真叫"粪涌向前"，成为当年常见的一景。60年代还曾发生过拉货车的一时刹不住脚，竟被货车撞到电线杆上身亡的惨剧。

所以现在每当我走在平坦宽阔的新端平桥上，就会感到幸福，甚至坐在抽水马桶上，也会有一阵幸福感。

嘉兴有意思

老底子的端平桥

166

闹市区会掉下飞机来吗？有，就发生在嘉兴。

嘉兴市区河东街有一座大宅院，1949 年初冬，突然之间一架飞机呼啸而下，一头扎在了宅院东面的二层楼，当场撞死一个正在烧粽子的老太婆。奇怪的是，这飞机既不爆炸也不燃烧，就这么傻乎乎地翘着尾巴斜插在那里。有胆子大的，当晚还在飞机上挂了一个灯笼。

这故事听着有点匪夷所思，不过说这事的是嘉兴一个有点名气的退休老师，他从小就长在这宅院里。

167

小时候家里吃花鲢（俗称"包头鱼"），我总要从鱼头里找出一个大骨头，称之为"鱼仙家"。抛到桌子上，立起来了，就是心想事成，一般抛个三五次总会立起一次。

类似这样的小玩法嘉兴人似乎特别在行。吃鳌，最后把鳌骨头搭成一只鹤，称之为"鳌鹤"。吃蟹，把蟹的两个大钳吃空后贴在墙上，算是"蝴蝶"。更有在吃蟹时，在蟹肚子里找出一个"法海和尚"，所以中学时读到鲁迅的名文《论雷峰塔的倒掉》，讲到"蟹和尚"，觉得特别亲切。

这些小玩法，也算是发现日常生活中的诗意吧。

168

小孩子贪吃，吃得肚皮鼓鼓的，父母就会笑骂一声"鲃鱼肚皮"。

这鲃鱼，大概是河豚的表亲，它们长得很像，皮糙糙的，肚子鼓起，味道也极是鲜美，据说微微有点毒。说实话，小时候吃过，从来没中过毒，也没想到会中毒。现在年纪大了，反倒不敢随便吃了。是"无知者无畏"呢，还是"江湖越老胆子越小"？

嘉兴人也许没有"拼死吃河豚"的勇气，但退而求其次，吃吃鲃鱼也不错，关键是，吃得安心啊。

169

粪桶,是嘉兴农村最为普遍的家具,就是用来挑着大粪给农田施肥的。粪桶上沿有两个高起的环,便于穿绳挑担,这两个环,就称为"粪桶耳朵"。

于是,"粪桶也有耳朵"就成了一句俗语,连粪桶这样污贱的东西都有耳朵,你没有啊? 意思就是说:"你连这个也不知道啊!"

以前嘉善有个评弹名家叫夏荷生,其说书风格有"夏调"之称。一次他到嘉兴来演出,哪知嘉兴城里人不吃他这一套。夏荷生委屈之下,说了一句"粪桶也有两个耳朵",意思是说嘉兴人不懂欣赏。这下嘉兴人不干了,把他轰了下去。

夏荷生后来在苏州闯出了大名气,不过,他终生没敢再到嘉兴来。

"粪桶也有两个耳朵",俏皮是俏皮,杀伤力忒大,慎用慎用。

170

水果总是要趁新鲜吃的,但嘉兴有种水果,却是风干了味道更佳,这就是"风干荸荠"。

"风干荸荠"的皮皱皱巴巴的,像个老太太,风干了嘛。但削去皮,一嚼之下,却是甘甜生脆,汁水满口,甜而不腻,脆而不硬。

荸荠上市一般在春节前后——它可真会挑时间。酒足饭饱,肠胃油腻腻的,嚼几枚风干荸荠,胸膈间顿觉畅快无比。

顺便说一句,丰子恺先生小时候有个外号,就叫"风干荸荠"。这外号很少有人知道,是丰先生晚年偶尔跟女儿丰一吟说起的,丰一吟又告诉了桐乡的一个画家吴浩然。为啥叫"风干荸荠",却是不得其详。

171

嘉兴的粽子好吃,连老外都知道。

说有一老外来嘉兴,嘉兴人好客,送了国际友人一篓五芳斋粽子。老外高高兴兴地拎走了。

第二天问他味道怎么样,老外说,这点心,好吃。迟疑了一下,又补充了一句:就是外面包的生菜有点硬,嚼起来费劲。

连箬叶也吃,这老外才是真正的铁杆"粽粉"。

172

嘉兴人请客吃饭,上鳜鱼的话,一定会把鱼肚子里一块称为"花"的东西,隆重地"端坐"在鱼身旁,由主人小心翼翼地用公筷搛给主宾,以示尊重。

嘉兴人会认真地告诉你,桂花鱼,桂花鱼,鳜鱼之精华全在此"花"上,如果这条鳜鱼三百块的话,那这朵花起码值两百块。似乎除了这花,鳜鱼全身都是糟粕。不知这一说法,鳜鱼本鱼是否知道,是否认同?

倘是问这"花"究竟是什么,大多数嘉兴人也是含含糊糊。我曾专门请教过浙江水产学院的一位专家,他说,应该就是鳜鱼的幽门盲囊,是肠的一部分。

听到这个答案后，我凌乱了。

173

嘉兴人很享受美食，湖嘉细点就不说了，南湖船上竟也衍生出了一种"船菜"。这船菜，原料自然是嘉兴本地的土产，如野菜竹笋、野生鱼虾、土鸡野鸭之类，当然，少不了南湖菱。在船上烹调，在船上享用，一路美景一路美食，绝对是享受。

我的朋友陆明是一个美食家，他整理出了船菜二十四品。这里不妨列举上几品：咸菜冻雀、金缀碧玉、粉皮鲫鱼、块鸭馄饨、二锦馅煲、鲈鱼炖蛋、清炒鲜菱、虾腰双脆、西瓜仔鸡、蟹粉豆腐、鹅掌裙边、火踵炖鳖、金银双蹄——听这名目，就馋涎欲滴了。

2012年春天，易中天先生来嘉兴讲学，我陪着他夜游南湖。租了一条船，晚餐就在船上吃，吃的是南湖船菜，喝的是嘉兴黄酒，吹的是湖上春天的晚风。易先生吃得兴致益然，一路谈笑风生，讲得比《百家讲坛》还有趣。

174

船菜在民国年间很有名，徐珂的《民国八年嘉兴南湖船宴菜单》有云："价格昂贵、船寓大者，每席银洋十二元或十元。船菜另有'抢虾'一品，颇具特色，以活虾剪去须足，用红腐乳麻油白糖蘸食，味极鲜美。"

　　我读过陈存仁的《银元时代生活史》,说到上海一个见习医生,每月工资不过八个银圆。而这八个银圆,"第一个月,吃过用过,口袋中还余五块钱"。三四个月生活费,才抵得上一桌船菜。船菜之美味,不言而喻了吧。

船　菜

175

　　世界上最大的蜡烛有多大?

　　这问题有点无厘头。现在早用上电灯了,蜡烛大了有什么用? 当然有用,因为大蜡烛不仅能照亮空间,它还可以照亮人心——祭祀用的。

嘉兴有意思

平湖的鱼圻塘庙会，又称"大蜡烛庙会"，据说是纪念南宋名将刘锜的。每年农历九月，当地民众向刘锜献上大蜡烛，顶礼膜拜，祈求国泰民安，并延请戏班公演三日。当地民众交上香钱后，统一请人制作大蜡烛，在九月初四把蜡烛迎入"刘公祠"。

一支大蜡烛，要用起重机吊下来，由十几个青壮年抬进去。在蜡烛上绘画题词后，在九月初八或初九举行隆重的点蜡烛仪式。

现在庙会中最大的一对大蜡烛，重六百公斤，列入吉尼斯纪录。你如有机会到刘公祠里看一看，数对大蜡烛雄壮挺拔、刚劲精美，所谓"十丈光芒火树摇"，绝对是在别的地方见不到的。

176

红烧肉，加个什么量词？ 一块肉、一碟肉、一碗肉、一盆肉，都可以。要是——一缸肉？那也太夸张了吧。

别说，还真有。海宁有一种美食，就叫"海宁缸肉"。

这缸肉，的的确确就是在缸里煮的。在专门的烧肉缸底铺上稻草垫子，填上新鲜粽叶，加入姜块、葱结、红枣，把五花肉用稻草十字结扎好，放好肉块，加入老抽、黄酒、盐，加满清水，烧上三四个小时。这缸肉"色同琥珀，入口则消，含浆膏润，不油不腻，特异非常"，写到这里，我都要流口水了。

诗人柯平这样写道："这一缸肉有才子的风度/犹如一首明亮的抒情诗，入口即化，却有/源源不断的滋味，由于竞争而变得/更加芳馥。"

177

不要说你没吃过缸肉，只不过你吃了还不知道罢了——"东坡肉"你总吃过吧？

缸肉的历史据说有几千年了。话说北宋熙宁八年（1075）六月，大文豪苏东坡应盐官安国寺主持之邀前来撰写《宋安国寺大悲阁记》，吃到了这海宁缸肉，大喜过望，大快朵颐。后来，元丰二年（1079），苏东坡因"乌台诗案"被贬黄州，常与文人墨客一起饮酒解闷，就把海宁缸肉移植了过去。可能觉得大缸太过骇人，就改用瓦罐。中华美食史上一项里程碑式的发明——"东坡肉"由此诞生。

看看，"海宁缸肉"不就是"东坡肉"它妈吗？

别砸！
里面可是我的拿手菜！

缸 肉

178

有句话,叫作"小葱拌豆腐——一清二白"。倘若翻译成嘉兴话,那就是"菱烧豆腐——一清二白"。

菱,须得是中秋前后的南湖菱,豆腐得是海宁庆云手工制作的豆腐。菱清炒后加入豆腐煮熟,再撒上一小把葱花,又鲜又糯,白白嫩嫩,赏心悦目,简直令人想入非非。

179

海宁、桐乡一带的农村婚礼,在婚宴和闹洞房之间,有个过渡节目,叫作"吃小夜饭",绝对是色香味俱全,堪称闹洞房的"前戏"。

很精致的一桌菜,新郎新娘在伴郎伴娘的陪同下羞答答地坐着,唱主角的是喜娘,通常是能说会道、泼辣能干、热心热肠的中年妇女。

喜娘给新郎或者新娘揾一筷菜,同时拿腔捏调地唱上一句,围观的吃瓜群众要听的就是这一句,要应景、有趣、吉利,最好还稍稍有点"色"。比如"吃个肉圆子,养个大儿子""吃了一块三黄鸡,养个儿子开飞机",又比如"吃块鱼面孔,夜夜香面孔(亲嘴)""吃块鸡大腿,夜来腿压腿"。当然免不了有"少儿不宜"的,于是众人哄堂大笑,开开心心,皆大欢喜。

回想起来,似乎比现在的小品还有趣。

180

有句话,叫作"文化就是日常生活的艺术化",嘉兴的灶头画就是最经典的注脚。

灶头画,就是画在灶头上的画,画家就是砌灶头(我们称之为"打灶头")的师傅。一个好的"灶头师傅",不但灶头要打得好,火旺、省柴、美观,还得会画一手好画,得是半个艺术家。所以灶头师傅在泥水匠中的地位是很高的。

灶头打好,还是半干半湿时,灶头师傅就开始创作了。他在调好的颜料中加点白酒(据说这可使画面在水蒸气中不掉色),拉开架势,"唰唰唰"画了起来,画的不外乎梅兰竹菊,或是仙鹤、喜鹊、老虎。画灶头画不能打草稿,不能修改,还得画得快(灶身干了要影响效果的),这是很见功力的。灶头师傅还很谦虚,他们从不署上自己的名字或是盖上一个章,但画得好的师傅,在当地也会是一个小小的名人。

小时看画灶头,绝对是一次艺术盛宴,值得连续观摩个把小时的。

印象最深的,是最后的高潮。灶头师傅在最后一块窄窄的空白里,"唰"地画上又长又直的一条竖线,我们正寻思这一长竖是什么呢,灶头师傅已绕着这条线,熟练地写上"米中用水"四个字。哦,原来这一条直线,正是这四个字的中间共用的一竖,而灶头画创作就在这一高潮中戛然而止。

而一条竖线共用的艺术创作,除了"米中用水",还可以写上别的一句什么话,也是作为小学生的我们在观摩后热烈讨论的一个重大"学术"问题。

嘉兴有意思

灶头画

181

　　到乌镇，不少游客都会饮上一盅"三白酒"。三白酒是乌镇特产，按照《乌青镇志》的说法："以白米、白面、白水成之，故有是名。"

　　其实嘉兴还有一种"三白酒"，就是家里自酿的土酒，嘉兴人称之为"杜搭酒"（嘉兴人称土为杜，如土布就叫杜布），因水、米、酒药丸都是白色的，所以叫作"三白酒"。度数自然比乌镇的三白酒低不少，但同样美味。嘉兴杜搭酒，据说在农历十月酿制的最好，所以又有"十月白"之称。十月里酿制的土酒，可以放上几年而不坏，且酒色清冽，故有"靠壁清"的别名。

嘉兴人很喜欢喝杜搭酒。特别亲近的朋友来了，就找个有特色的小店，带上一壶杜搭酒，慢慢地喝上半天。有句俗语"猫屎芋艿杜搭酒，客人吃了不肯走"，这"猫屎芋艿"当然不是"猫屎咖啡"之"猫屎"，而是指个头小小的芋艿头，又糯又香。

182

有句名言：只要站在风口，猪也能飞起来。

海宁人听了，淡淡一笑，别说猪，石头也能飞起来，而且还不用风。

这说的是海宁市区东山上的一种石头，把它放在水里，能浮起来，这么轻的石头，要飞自然也不是难事。

海宁市区有两座小山，一座叫西山，一座叫东山。当地有个说法，东山的石头能浮出水面，西山的芦苇会沉于水底，宋朝时还作为稀世之宝献入了蔡太师蔡京的府中。沉到水底的芦苇我没见过，但浮出水面的石头倒真捡到过，也试过。这种红褐色的石头，瘦、皱、漏、透，质地轻疏，用力投到水里，"咕"一下沉下去，然后慢悠悠地浮上来，似乎在跟人开玩笑。我小时候，这种石头俯拾皆是，现在渐渐少了。

据专家说,这海宁浮石,是两个板块在地质运动中,产生岩浆,在长期的风化过程中,石块中含铁的成分被氧化掉了,密度就变得比水还小。这专家还推测,一亿年前,海宁这地方就是一片海域。

这么说来,浮石倒是沧海桑田的一个见证了。

183

嘉兴多文人,这是不用多说的,而嘉兴的文人,总是平和的,悠然的,清静的,从容的,略带一点孤芳自赏、自怜自爱。"一种风流吾最爱,六朝人物晚唐诗",嘉兴文人和嘉兴文人的作品,也大致是这个况味。茅盾、丰子恺、徐志摩、朱生豪、木心,他们的气质与他们生长着的这块土地是多么的和谐啊。一方水土养一方人,一点也不错。

新月派诗人徐志摩、弘一法师李叔同与画家丰子恺

184

中国现代文学史上有"六大家"之说，那就是"鲁郭茅巴老曹"，这六个人里有一个半是嘉兴人。茅盾是一个，就不必说了，巴金祖籍嘉兴，所以我们谦虚点，算半个。巴金的祖居在嘉兴用里街，其高祖从嘉兴跑到四川去做官，1923年6月及次年的1月，巴金和三哥李尧林两次到嘉兴祭扫李家祠堂。

考证文章一大篇，我这里就不做了，单表一桩：巴金每次回四川老家过年，年三十晚上，李家年夜饭里总有一道冰糖肘子，这冰糖肘子有个名字，就叫"烟雨楼"，以示不忘本也。

185

《昭明文选》都知道吧，连陆游都说"文选烂，秀才半"，《昭明文选》读好了，进考场就有底。昭明太子萧统这么好的学问，在哪读的书？当然是在嘉兴啦。

梁天监二年（503），萧统曾随老师沈约来乌镇读书，并建有书馆一座。现在乌镇还有一个昭明太子读书台。

当然，昭明太子也是一个"走读生"，游山玩水与苦读经典两不误，所以南京、镇江、扬州、常熟也有他的读书台。不过，作为嘉兴人，我们要说，他在嘉兴读的书最多最好。

186

嘉兴最有名望的翻译家,远有李善兰,近有朱生豪。李善兰基本不通英语,数学水平却是一流,他翻译的科技著作,无人能望其项背。朱生豪英语水平很高,中文修养更高,读读朱生豪的诗词,那叫一个好。朱生豪翻译的莎士比亚,以文辞华赡、得其神韵著称。

嘉兴的两位翻译大家,给翻译事业的有志者指明了一条金光大道。呀,弄得我这样对英语一窍不通的人都想做翻译家了。

187

不懂外语能不能翻译?这听着像句废话,当然不行。

但有个嘉兴人,不懂外语,照样翻译了七八本外文书,而且本本有名,《几何原理》《重学》《代数学》《植物学》《谈天》《代微积拾级》《圆锥曲线说》全是他翻译的,西方代数学、解析几何、微积分、天文学、力学、植物学等近代科学都是通过他的这些书被介绍到中国来的。他就是嘉兴海宁的李善兰,他就有这个本事。

他怎么翻译的?嗯,一言难尽,推荐你看本书——本人写的《学贯中西——李善兰传》。

188

读数学,不用系数、根、方、方程式、函数、微分、积分、几何学、横轴、纵轴、无穷、极大、极小这些术语行不行？当然不行。

这些术语哪里来的？是嘉兴人李善兰创立的。

李善兰所创代数、解析几何和微积分术语中为后世所沿用的比率分别约为：代数学 44％；解析几何 50％；微积分 65％。这么说吧，要没有李善兰，你就没法学数学。

189

当年我上大学时，读朱生豪翻译的莎士比亚戏剧，总为他才气纵横、激情四溢的文字所震撼。想象中的朱生豪，该是一个头角峥嵘、跳脱飞扬的潇洒诗人吧。及至看到了朱生豪的照片，才发觉与自己的摹想大相径庭。朱生豪瘦弱的身躯，纯净而淡定的双眼，苍白而略拘谨的脸，倒像是一个攻读古典文学的博士。

他的激情与豪气，全释放在作品中了。

朱生豪在之江大学读书时，自己说自己："一年之中，整天不说一句话的日子有一百多天，说话不到十句的有二百多天，其余日子说得最多的也不到三十句。"

这样算来，朱生豪一年也就说了三五千句话。我们呢？一年说了多少话？朱生豪一年的额度，我们不到一个星期就用光了。不过，倘若把废话去掉，我们说的话，或许比朱生豪说的还少。

190

文化老人宋清如是朱生豪的夫人，晚年一直居住在嘉兴。前几年朱生豪的哲嗣朱尚刚出版了朱生豪当年写给宋清如的情书,那种生动、率性而多情,让当代人愧煞。

别的不说了,看看他怎么称呼宋清如的:宋、好宋、宋宋、好人、无比的好人、好、宋家姐姐、澄、澄儿、好友、小亲亲、哥哥、二哥、哥儿、阿姐、傻丫头、青女、青子、小弟弟、小鬼头儿、清如我儿、孩子、昨夜的梦、宋神经、女皇陛下、姐姐、天使、心爱、无比好的人、宝贝、好朋友、虞山小宋、爱人、老姐、小宋、姐姐……

朱生豪的自称则是:朱、朱朱、朱生、傻老头子、小巫、淡如、绣水朱君、岳飞、云儿飘、罗马教皇、无赖、猪八戒、小物件、红儿、蚯蚓、丑小鸭、叽里咕噜、Lucifer、和尚、珠儿、不好的孩子、虫、鲸鱼、二毛子、子路、张飞、一个臭男人、绝望者、冬瓜、牛魔王、你脚下的蚂蚁、伤心的保罗、快乐的亨利、丑小鸭、吃笔者、阿弥陀佛、综合牛津字典、和尚、绝望者、蚯蚓、老鼠、堂吉诃德、雨、魔鬼的叔父、哺乳类脊椎动物之一、臭灰鸭蛋、牛魔王……

做嘉兴文人的女朋友,也是很幸福的噢。

191

朱生豪的一生很短,只有三十二年。作为一个文学家,他用这三十二年做了两件事。

一是翻译莎士比亚著作,二是给宋清如写情书。

翻译莎士比亚著作,一百八十万字。给宋清如写情书,五百四十封。他毫无疑问是世界上最会写情书的文学家。

朱生豪故居门口的雕塑上刻着一句话："要是我们两人一同在雨声里做梦，那境界是如何不同，或者一同在雨声里失眠，那也是何等有味。"正出自朱生豪写给宋清如的情书。

我是，
我是宋清如至上主义者

朱生豪的两大"事业"：翻译莎翁名著、给妻子写情书

192

"悲欢离合终归如梦如幻，只剩夏梦依旧"（董桥语），2016 年香港演员夏梦去世，因其当年与金庸金大侠的一段情缘，一时成为网络热点。而夏梦的外婆家,就是在嘉兴平湖一个叫南河头的地方。

夏梦原名杨濛,也出身嘉兴的名门望族。曾外祖葛嗣浵,清朝举人,藏书家,其藏书楼守先阁是江南三大藏书楼之一。外公葛昌楣,南社社员。夏梦的母亲葛维宗,字萝仙,英文名 Lucy,人称"葛露西",上海名媛。因某次义卖赈灾玫瑰,每朵高达五百银圆,一时有"葛玫瑰小姐"之称。夏梦的明星风采,看来是得自乃母。

葛露西与杨元恺生有两女,长女即是夏梦(杨濛)。次女叫杨洁,当年中国女子篮球队的主力,身披五号战袍。听着有点熟悉是不?对,就是电影《女篮五号》的原型。

193

读宋词的都知道有个"张三影"。这"张三影"本名张先,只因写了"云破月来花弄影""帘压卷花影""堕絮飞无影"这三句名句,而被称为"张三影"。可见会写诗的,不在多,只要好。真正好诗,连七言绝句也不用,三句就够了。

这最有名的"云破月来花弄影"在哪写的?历代《宋词选》中没有说,我来告诉你,就是在嘉兴。

张先五十二岁时,在嘉兴做副市长("时为嘉禾小倅"),一日身体不适,辞了府里宴会。病怀伤春,填了一首《天仙子》,其下阕云:"沙上并禽池上暝,云破月来花弄影。重重帘幕密遮灯,风不定,人初静,明日落红应满径。"对"云破月来花弄影",张先也是大为得意,特意在府衙边造了一座亭,就叫"花月亭"。

一百二十八年后，一个叫陆游的诗人来到嘉兴，他坐在花月亭下，遥想前辈风采，不禁神往，写道："坐花月亭，有小碑，乃张子野'云破月来花弄影'乐章，云得句于此亭也。"

194

有本小说叫《燕山外史》，你要是没听说过，不奇怪，因为书写得一般般。你要是听说过，也不奇怪，因为鲁迅在《中国小说史略》中讥讽了一句，大多数人是从这里知道这书的。

《燕山外史》写的无非是才子佳人的俗套，但这书有一奇——全书全用骈体文写作。听清楚了，一部讲故事的小说，从头到尾都是用典雅古奥的骈四俪六写成，得用典，得押韵，还得讲平仄。反正比用歌词来写小说还要难得多。

作者是乾隆年间的嘉兴人陈球，一个穷书生，靠卖画为生。他为什么要做这样吃力不讨好的事？因为嘉兴文人太多了啊，不别出心裁出不了名啊。他这样煞费苦心为何你我还是不知道啊？因为嘉兴文人实在太多了啊。

195

金庸小说里的表哥，总是丰神俊朗、才华横溢，却也总是负心薄幸，结局糟糕。《天龙八部》里的慕容复、《连城诀》里的汪啸风、《倚天屠龙记》里的卫璧，莫不如此。金庸对表哥得有多大的鄙夷啊。

金庸的表哥？等等，金庸的表哥不就是那个丰神俊朗、才华横溢的徐志摩吗？徐志摩当年还有个笔名叫"云中鹤"。等等，《天龙八部》里不也有个云中鹤吗？徐志摩当年给陆小曼写情书，一口一个"龙儿""龙龙""小龙"。停，停，小龙女不是《神雕侠侣》里的吗？哎呀，这是哪跟哪呀。

196

金庸本名查良镛。海宁查家是真正的名门望族。我的朋友吴德建曾参与修订了最新一版查氏家谱，这套家谱足足有六卷之厚。算起来，查家共出了二十二个进士，康熙年间（1662—1722）创造了"一门十进士，叔侄五翰林"的科举神话。当代查家也很厉害，有实业家查济民、教育家查良钊、诗人查良铮（穆旦）等等，在各自的专业领域绝对是大牛。

简单说吧，以后你碰上个名字中有查良两字且最后一个字是金旁的，你就恭恭敬敬的，准没错。

197

金庸（查良镛）曾对记者说："海宁地方小，大家都是亲戚，我叫徐志摩、蒋复璁做表哥。陈从周是我的亲戚，我比他高一辈，他叫徐志摩做表叔。王国维的弟弟王哲安先生做过我的老师。"

这样说来，蒋复璁的叔父蒋百里是金庸的姑父了。蒋百里的三女儿蒋英嫁给了钱学森，则钱学森是金庸的表姐夫了。金庸有个堂兄叫查良铮，也就是诗人穆旦；有个堂姐叫查良敏，嫁给了袁行云，袁行云有个外甥女叫陈喆——说是写小说的琼瑶,你就清楚了;有个妹妹叫查良璇,嫁给了曹时中,所以这个古建筑"纠偏大师"得叫金庸一声大舅子。

金庸说海宁地方小,我看大得很么。

198

嘉兴的文人,著名的很多,于是研究他们的也很多,但我总感觉,能深入他们精神世界的,其实很少很少。嘉兴文人,总是活在他们自己的世界里,不会向人坦露,也不希望别人了解,甚至宁愿让人误解也不会来辩解。

你知道王国维为什么会沉湖自尽?你知道为什么李叔同会出家为僧?你知道徐志摩与三个女人的感情深处?你知道茅盾最后几十年的心路历程?他们只要自己知道就好,你知不知道,于他们根本无所谓。

这就是嘉兴文人的狷介。

199

嘉兴的文人,如一首歌里所唱的,"外表冷漠,内心狂热",故往往有出人意料之举。即使是在嘉兴文人中名气不算大的章克标,以百岁高龄而征婚,一时成为"海上闻人"。此事还真的终成"正果",八个多月后章克标娶了一位刘女士,并为其取名"林青"。

章克标说,林青者,灵清也。灵清是嘉兴话,"明白"的意思。老实说,我一直弄不灵清,章老先生这是夸自己灵清呢,还是说刘女士灵清?

200

1999 年,百岁老人、曾经的海上文人章克标征婚时,媒体纷纷采访,自然免不了要问起当年海上文坛诸位名家的事。章克标说到了郁达夫、丰子恺、邵洵美、叶圣陶,我都不大记得了,只记得他说茅盾:茅盾么,本身就是一个矛盾。当时听了,一个激灵:真是一句顶一万句啊。

201

大白天打灯笼,这样的事还真有。嘉兴的辛亥革命志士敖嘉熊,当年在嘉兴城中就有此壮举,大白天打着个灯笼堂而皇之地逛大街。哎哟,你这是怎么了?——敖嘉熊正等这一问,他早就准备了一句名言:"世界一片黑暗,恨无光明。"

1906 年,秋瑾专门嘉兴拜访敖嘉熊,当然不是学他大白天打灯笼,而是密谋起义大计。当年的敖嘉熊,在江、浙、皖三省的革命党中绝对算是一只鼎。

202

著名的篆刻家书画家钱君匋,当年在上海以擅长封面设计出名,人称"钱封面"。他出生于一个叫屠甸的小镇,当地人叫"屠甸寺"。这地方,20 世纪三四十年代属海宁,钱君匋往往自署"海宁钱君匋";50

年代被划到桐乡，于是他又成了桐乡人。现在海宁有个钱君匋艺术馆，桐乡有个君匋艺术院，两边都摆平。

我们嘉兴人做事，讲究一个皆大欢喜。

203

都说嘉兴文人平和沉静，那是没到他们拍案而起的时候，就像项元汴怒烧沉香床。

项元汴是明朝最为著名的书画鉴藏家。我们嘉兴人谦虚，说他的收藏，也只有故宫博物院的一半。

清代钮琇在《觚剩》中说，当年项元汴到南京赶考，在秦淮河畔结识了一位小姐，缱绻数日，山盟海誓，一个非君不嫁，一个非卿不娶。项元汴回到嘉兴，几个月后装了满满一船的金银珠宝，还有一个比满船金银珠宝加起来还要贵的沉香床，到秦淮河畔来会小姐。

岂知这小姐送往迎来，生张熟魏，早已忘了嘉兴小项。当头被浇一盆冷水，项元汴怒从心头起，恶向胆边生，就在妓院门口的大街上，一把火把沉香床烧了。顿时，满街全是香、香、香，绕街三日，余香不绝。这条街，从此得名沉香街，就是现在的南京钞库街。

有道是："烟花巷中寻秦娘，盘丝缠墨做檀郎。冲冠一怒为红颜，满城飞尘似沉香！"

204

项元汴看妓女走眼，那是因为他的眼睛全放在古玩上。他曾牛皮哄哄地对另一个收藏家詹春风说，放眼古玩界，谁是生着两只眼睛的？王氏兄弟（大文人王世贞和其弟王世懋）的眼睛是瞎的；顾氏兄弟（著名文人顾从德、顾从义）的眼睛是眇的（眇，瞎一眼）；只有文徵明是有两只眼睛的，可惜早已死了。那么当今天下谁有两只眼呢？项元汴呵呵一笑："今天下具双眼，唯足下与汴耳。"也就是我们哥俩了。

项元汴这话，显然是照抄曹操对刘备说的"今天下英雄，唯使君与操耳"。当然，夸詹春风那是客气，夸自己才是重点。不过，这也是实话实说。

项氏这双眼睛一直照到当下。现在嘉兴的文人，都喜欢玩玩古董、收藏书画，也出了几个全国有名的收藏家，嘉兴的收藏家协会，据说门槛还挺高，等闲是进不了的。

205

都说嘉兴文人不会做生意，那是不屑于玩，真要玩，一做就是全国老大。吕留良晚村先生，道德、学问，那绝对是第一流的。他以明朝遗民自居，不做清朝的官，为了生计，就做起了时文评点和出版的生意——相当于现在做高考作文的评选和出版吧。

以吕留良的才学，做这个还不是玩一样。"吕晚村评点"成了时文出版的畅销品牌，从顺治十一年（1654）卖到康熙十三年（1674），绝对的市场霸主。

当时士子的牛皮是这样吹的：我的文章可是收进过晚村先生书中

的,岂能小觑？当时士子受的委屈是这样的:我的文章这样好,为什么晚村先生没评点我一句?

206

秀才碰到兵,有理讲不清。秀才遇上商,只能很受伤。一日有人携金农的花卉册页五开来访钱君匋,每开索价五十元。金农是君匋先生的最爱,当下也不还价,买了。没几天,此人又带来四开金农,每开索价一百元。君匋先生一看,原来跟先前的五开是一册,总得求个完璧吧,如桐乡人说的"咬个痛节头"(节头,即指头,类似于咬咬牙),买了。不料,过段时间,又有人带来一开金农,正是那本册页的最后一开,这回索价一百五十元。罢了罢了,君匋先生只得乖乖就范。

嘉兴的文人,就是这样的痴,这样的笨。

207

君匋艺术院有幅画,是钱君匋画的,上款说是送给即将远行的一位叫达夫的朋友。这达夫是不是郁达夫？他们当年可是要好的朋友。一次酒桌上,我就这一重大学术问题请教了著名的现代文学史料学专家陈子善。陈老师说,当年,上海滩的达夫有好几个,不知是哪个达夫。

看,钱老当年亲热客气,少写一个姓,这会儿成了一桩悬案了。

208

都说嘉兴人低调,要说这低调也是光荣传统了。明朝末年嘉兴有个李日华,是个大大有名的书画家、鉴藏家。他在河南做官时,一日上级领导来检查工作,说,听说你写了本《南西厢》,送我一本。李日华哭笑不得,这写《南西厢》的,乃是江苏吴县的李日华,这真叫"蔺相如,司马相如,名相如,实不相如"。

我前几年写了本小书《李日华》,有人纳闷了,说嘉兴那么多名人不写,你去写个江苏人。我只能无言。

有时候低调也吃亏啊。

209

祖籍嘉兴的胡小石,是当年中央大学的名教授、书法家。当时有"三好""四老""一绝"之称。

三好:胡小石自称"平生有三好,一好读书,二好赋诗挥毫,三好东坡肉"。

四老:胡小石的书法古朴瘦劲,他与林散之、萧娴、高二适并称"金陵四老"。

一绝:胡小石上课时的板书,横竖撇捺,遒劲高古,人称"一绝"。1961年5月,他在南京大学做校庆学术报告,更换板书时,学生上前帮忙擦黑板,台下竟然不由自主地响起一片"不要擦!"。

210

胡小石上课,多姿多彩,创意十足。

他讲《楚辞》的场景是这样的。身着一袭飘逸的长衫,手持长剑,施施然走上讲台,徐徐站定,举起长剑,亢声说:"剑,能陆断马牛,水击鹄雁,当敌力斩。自古名士多爱剑,屈原也不例外。"言罢,"嗖"一下,利剑出鞘,寒光闪闪。

他讲唐诗的场景是这样的。讲着讲着,便情不自禁地唱了起来:"破额山前碧玉流,骚人遥驻木兰舟。春风无限潇湘意,欲采蘋花不自由。"唱了一遍,又唱一遍。如此五六遍之后,胡小石把书一掷,对大家说:"你们走吧,我什么都告诉你们了。"

他上课时见春光明媚、樱花盛开,遂带着三两弟子,坐在花下,高吟道:"玉女来看玉蕊花,异香先引七香车。攀枝弄雪时回顾,惊怪人间日易斜。"音调清越,旁若无人。

211

现在要是没有汉语拼音,小学语文就没法上,而第一个制订汉语拼音的,是海盐人朱希祖。1913 年,朱希祖起草汉语注音符号的第一个版本,由鲁迅等人共同具名,在"全国读音统一会"上提出后,终得以确立。

现在要是没有标点符号,书就没法读,文章就没法写,而第一个提出汉语标点的,也是朱希祖。1919 年,朱希祖又与马裕藻、周作人、刘复、钱玄同、胡适联名上书教育部,提出《请颁行新式标点符号议案(修正案)》。教育部于次年下文,全国正式启用新式标点。

现在综合性大学都有历史系,而中国历史上第一个历史系主任,还是朱希祖。1918年,朱希祖就任北京大学历史系主任,文史分家就是从这里开始的。

前几年,我写了几篇关于朱希祖、朱偰父子的文章,他的后人朱元春特意来信表示感谢,说现在知道朱氏父子的人不多了。想想真是感慨不已。

212

知道《唐伯虎点秋香》么?知道,周星驰、巩俐主演的嘛。这故事哪来的?知道,越剧的经典曲目嘛。这越剧故事是哪来的?这个——

不知道很正常,这故事最早是见于一本叫《蕉窗九录》的笔记,这本书的名气不大,但这本书的作者名气很大,乃是明朝最为著名的收藏家项元汴,一位嘉兴文人。

总以为像项元汴这样的收藏鉴赏名家,肯定是一丝不苟,严谨到刻板的人物,想不到他也会玩幽默,玩笑要么不开,一开就是一段流传几百年的风流佳话。

放到现在,创作了这么部著名小说,肯定要大大地宣扬一番,至少要拍个四十八集的电视连续剧。但项元汴根本就不当一回事,因为他有太多事值得骄傲,比如他收藏的王羲之的书法真迹就有八件,收藏的宋、元二代的书画作品就有五百余件。

213

中华书局的创始人、著名出版家陆费逵,是桐乡人,他不姓陆,他姓陆费。

著名水利专家、有"中国连拱坝之父"之称的汪胡桢,是嘉兴市区人,他不姓汪,他姓汪胡。

说实话,我听到很多人包括一些有学问的人,都是陆先生、汪先生地叫。再说一句实话,我以前也是这样叫的,根本没觉得有什么不妥。两位老先生,存心给后人挖坑么。

214

梁羽生的武侠小说里,有个吕四娘,她是独臂神尼的关门弟子,蕙质兰心,武功奇高。《江湖三女侠》中她是女主角,《冰川天女传》中她是当世第一位前辈女侠。

这位吕四娘,是嘉兴人,乃是一代大儒晚村先生吕留良的孙女。

野史中记载,当年雍正大兴文字狱,吕留良被剖棺戮尸,全家祖孙三代惨遭杀害,唯有吕四娘孤身得逃。她遂以选妃之名混进皇宫,后在雍正召其侍寝时,以短剑将雍正斩首而亡。

嘉兴人吕四娘,给了武侠小说多少的灵感呵。

215

说到雍正被斩首,又牵涉到另一个嘉兴人,那绝对是正史。

清初的大诗人查慎行,有个弟弟叫查嗣庭,他在江西任主考官时,出了两道题。一道是《易经》题"正大而天地之情可知矣",一道是《诗经》题"百室盈止,妇子宁止"。这,没有什么问题呵。

但事有凑巧。一年前,有个叫汪景祺的写了一本《历代年号论》,这个书呆子,竟在书中说"正有一止之象"。意思是说,凡是年号中有"正"字的都半途而止,如明朝的"正隆""正大""至正""正德"等都没有好下场。这不是指着和尚骂秃子吗?当今皇上的年号叫什么?雍正啊!这个你也不懂,你还好意思做学问?雍正皇帝勃然大怒,立即杀了汪景祺。

好了,连累得查嗣庭跟着倒霉。这考题中"前用正字,后用止字",这不是跟汪景祺一样大逆不道吗?这"止"字,不是在说雍正被砍头吗?好,立即把查嗣庭抄家逮捕。查嗣庭又惊又怕,不到半年就病死狱中,但仍被"戮尸枭示"。二哥查嗣瑮被流放关西。查慎行身为大哥,以"家长失教"之罪被捕入狱,不久就去世了。只因一字,全家遭殃,惨啊。

不知道当年唱票时,画不画"正"字?都是杀头的罪啊。

当年的读书人,真心不容易。

216

嘉兴府衙子城里,以前有座亭,叫凝香亭。

说是某一年,大诗人朱彝尊家里的莲花,花开并蒂。这是个好兆头。朱彝尊大喜之下,把这一并蒂莲赠送给嘉兴的知府大人黄家遴。刚好府衙内新亭落成,于是就取名叫"凝香亭"。

现在，官员之间、男人之间，谁要是送对方并蒂莲，怕是要莫名惊诧的吧。

我们真没有古人风雅啊。

217

朱彝尊不但风雅，还会变戏法。他有个道士朋友，时常拿了道观里的枇杷请朱彝尊尝鲜。这道观枇杷有个妙处，全是没核的。朱彝尊不免好奇，道士却故弄玄虚，说我这枇杷乃是仙种，非同小可。

过了几天，朱彝尊请道士吃饭。道士明明看到仆人刚把一只猪脚买回来，一会儿一盘蒸猪脚就端上来了，味道还真不错。道士大为惊讶，问这是用了微波炉呢还是电磁炉。朱彝尊说，不如我们交换知识产权吧。道士说，仙种其实也平常，只要在枇杷刚开花时摘去花心上的某根须就行了。朱彝尊说，我这更说不上什么高科技，端上来的蒸猪脚是昨夜烹制好的。两人相对拊掌大笑。

218

"窃书不能算偷"，这也可说是一句名言，但孔乙己如此强辩，未免太笨。高明如朱彝尊，才真正做到了"窃书而不偷"。

当时有个叫钱曾的，写了一部《读书敏求记》，此书是中国第一部研究版本的专著。钱曾视同拱璧，平日锁在家里，外出就让书童带在身边，轻易不让人看上一眼。

朱彝尊心痒痒，想要看到这部书，就于某日设下酒席，请钱曾和当地名流宴饮。酒酣耳热之际，朱彝尊用黄金和裘衣收买了钱曾的书童，叫书童把《读书敏求记》拿出来，让预先埋伏于密室中的十几个抄手分头抄了下来，然后把书又悄悄地放回书箧。

朱彝尊明人不做暗事，过几天后笑嘻嘻地对钱曾说，这书你就不要再藏着掖着了，我已抄下了。钱曾气得差点吐血。到了晚年，朱彝尊怕这书湮没无闻，把它刊刻出版。所以我们今天能看到这么本好书，还得感谢朱彝尊当年灵机一动的"商业贿赂"。

219

都知道清初的杨园先生张履祥是个理学家。

理学离日常生活太远，我倒很欣赏他写的一篇短文《策邬氏生业》。这是张杨园为他的一个农民兄弟邬行素一家写的一个策划方案。邬家有十亩田，其中三亩种桑养蚕，一年可得丝绵三十斤，解决穿衣问题。桑田在冬天还可种菜，四旁种豆、芋。三亩种豆，豆起则种麦、种麻。两亩种竹，卖了竹子和笋来买米。两亩种果树，有梅、李、枣、橘等不同品种。池塘里养鱼，塘里的泥用来肥竹园、桑地，鱼卖了来买米。再养五六头羊，枯桑叶作为羊的饲料，羊粪用作草鱼的饲料，草鱼的粪便又成为鲢鱼的饲料，最后鲢鱼的粪便连同淤泥一同又成为桑地使用的肥料。如此这般，"豆麦登，计可足二人之食……竹成，每亩可养一二人；果成，每亩可养二三人；若鱼登，每亩可养二三人"。生计问题轻易地解决了。

按照专家的说法，这《策邬氏生业》包含了多种农业生产活动，讲的是一种因地制宜的综合性农业，同时以农副产品换粮食，可见商业化的程度很高。更重要的是,各种经营活动之间的关系十分紧密,因此在资源再利用的范围和水平方面,已达到很高的水平。

这样说来,现在挺时髦的生态农业、产业化经营乃至循环经济,杨园老先生早就实践过了。

220

愚公移山的故事大家都知道,而在这故事广为人知之前,嘉兴就有学者就被人叫作"愚公徙山",这人就是明末清初的著名历史学家谈迁。

谈迁以民间学者的身份,以一己之力,要写一部大部头的历史著作《国榷》,确实有点愚也有点迁。人都叫他"木强人",又是笨又是倔强,又称他为"愚公徙山",那时《愚公移山》的名篇还没有发表,愚公并不是个好词。称谈迁为"愚公",无疑是很大的讽刺。

但这愚公还真移了山。谈迁花几十年工夫还真写成了《国榷》,而且写了两遍。书稿写好被偷,他就再写一遍。没有电脑存盘,没有复制粘贴,重新查阅史书,重新搜集资料,拿着毛笔重新再写几十万字。试问当今世界,谁能有这个毅力?

这就叫愚公移山。

221

三十多年前的香港特别行政区基本法起草委员会委员,都是香港最有名望的社会贤达,共有五十九名。这五十九名中,就有两个嘉兴籍人。这两个嘉兴人，又同在海宁市的袁花镇，他们又都姓查，他们还是一家人，只不过按辈分，一个是另一个的曾祖父辈。

一个叫查济民，一个叫查良镛，后者就是金庸。

222

有个相传为纪晓岚所创的绝对，其上联是"月照纱窗，个个孔明诸葛亮"，据说几百年来，无人能对。

前几天在海宁参观查济民纪念馆，倒是见到了查夫人刘璧如的一个题诗扇面，上面题的是"煦日临纱窗，个个孔明诸葛亮；寿山有兰室，馨馨惠时查济民"。

如此情真意切，工不工倒在其次了。

223

中共一大的时候，全中国的共产党员有几个？

嗯，让我来查查书。有了，五十四个。

来，再刷新一下，是五十八个。这是我们嘉兴党史研究者的新成果，是我们嘉兴对党史研究的一个重大贡献啊。

当然，这也应该，我们是党的诞生地嘛。

这五十八名早期党员中，浙江人不少，有七个，而七个浙江人中，嘉兴人就有两个。

这两个嘉兴人，还是兄弟俩。哥哥叫沈雁冰，弟弟叫沈泽民。

对，沈雁冰就是大作家茅盾。

茅 盾

224

　　《嘉兴日报》的副刊刊登过文坛大家巴金的文章，而且是首发，而且是几十年前写就的旧文。这不是我作为嘉兴日报人吹牛，的的确确真有其事，且听我道来。

　　嘉兴籍的水利专家汪胡桢有次随团出访印度，代表团的副团长正是巴金。巴金在闲谈中告诉汪胡桢自己的祖籍在嘉兴，后迁到四川。汪胡桢后来在给《嘉兴科技报》的一封信中说到此事。嘉兴对此那是相当重视，专门派人历时三年，终于找到巴金家在塘汇镇上的祖居。

巴金得知此事，十分高兴，就将六十多年前寄给大哥的书信手稿《嘉兴杂忆》中的一节，略加修改，将手稿复印件寄到嘉兴，这就是《塘汇李家祠堂》一文。此文征得巴金同意，在《嘉兴日报》副刊上发表了。

巴金对《嘉兴杂忆》极为重视，在与《巴金全集》的责编的通信中，有五次谈到《嘉兴杂忆》。其中一篇这样说："这篇（指《嘉兴杂忆》）却保存着没有毁掉，可能是还不曾忘却嘉兴。"

原来文坛大家的心中，一直有一个祖居的嘉兴。

225

嘉兴秀州路上有个冷仙亭，始建于明朝崇祯年间（1628—1644），也算是文物了。冷仙亭，不是说这个亭子是为一个叫冷仙的姑娘所建，而是说纪念的是一个姓冷的仙人。

说出来，这仙人你也熟，就是金庸小说《倚天屠龙记》中明教五散人之一的冷谦。

冷谦号龙阳子，是明初有名的道士，他是杭州人，寓居于嘉兴。现实中的冷谦武功如何不知道，倒是擅长音乐和绘画，还写了一本气功与养生保健的书。

不过，这冷谦为人正直忠厚，性格高冷，从不说废话，这倒跟嘉兴人有点相似。

226

以前的书画名家，大都出身大户人家。当年物资匮乏，纸墨笔砚所费不赀，名家碑帖更是访求不易，不是一般人家供养得起的。但海宁清代的书画金石名家六舟和尚，人称"金石僧"，却是从小孤苦。

当时嘉兴一带有个民间组织叫"惜字会"，认为字纸是尊贵的东西，不能随便丢弃。"惜字会"的成员会摇着铜铃，挨家挨户收集没用的废纸，集中起来焚烧，以示对文字的尊重。

而六舟就跟在"惜字会"后面，当他们焚烧字纸的时候，从中挑几本碑帖拿回来揣摩学习。也是有缘，他由此而书艺大进，成为一代名家。前年，浙江省博物馆还举办了"六舟——一位金石僧的艺术世界"特展。

每次我在书房里看着满架的书，还有许多没有读的，想到六舟这个故事，真是五味杂陈。

227

《康熙字典》是中国最负盛名的字典之一，但有个叫张凤的嘉善人却喊出口号，要"打倒《康熙字典》"。

其实，张凤要打倒的不是《康熙字典》，是《康熙字典》的部首检字法。因为他在 1925 年发明了"形数检字法"，口诀是"面点线，照数检"。1926 年出版了《张凤字典》，一反当时模仿《康熙字典》的做法，废弃通用的部首，代之以面、线、点的形数检字法，风靡一时。后来的四角号码检字法，就是在此基础上发明的。

张凤对"形数检字法"很自信，喊出的口号是："打倒《康熙字典》! 完成字典革命! 张凤可杀，方法不朽!"

他应该有这个自信,四角号码到现在还在用,也算是"形数检字法"的一种不朽。

228

金庸的第一本书是什么?《书剑恩仇录》?

恭喜你,答错了。金庸的第一本书,叫《献给投考初中者》。

1937 年,十三岁的金庸考入嘉兴中学(就是现在的嘉兴一中)。十五岁时,他和两个同学一起编撰了《献给投考初中者》一书,估计跟现在的教辅差不多。要说金庸天生就对市场敏感,这一书当年颇为畅销。

金庸为什么能写出那么畅销的武侠小说,那是因为在嘉兴中学打下了基础啊。

金庸后来因为一篇《阿丽斯漫游记》被嘉兴中学开除,据说是因为影射了学校教导主任。但无论学校还是金庸,都承认金庸是嘉兴一中的杰出校友。1992 年,金庸参加了嘉兴一中九十周年校庆,对嘉兴一中的孩子们说:"叫我大师兄。"

229

平湖有个名人叫陆陇其,是清朝时的全国道德模范。雍正皇帝专门下诏,让他"陪祀孔庙",就是陪着孔子接受天下学子的祭祀,这待遇是极高了。

这陆陇其做县令时,治盗之法别具一格,他的办法是在县衙门里开办纺纱培训班。

捉来了盗贼,陆陇其就让他们学纺纱,何时学会何时放出去。盗贼们为了早点出去,都学得很认真。学会了一门手艺,有了谋生之路,出去后也就不再做盗贼了。这就叫从根本上解决问题。

当然也有屡教不改的,陆陇其也有办法。捉来后,让衙役追着盗贼快跑,跑得上气不接下气时,给他灌上一碗热醋,然后在他背上猛拍一掌。盗贼从此就落下了干咳的顽症,走到哪咳到哪。半夜里一进家门,等于是告诉人家:我来偷东西了,咳咳,你们小心哪,咳咳。这小偷还怎么做?

230

"那个头大尾巴小,戴着金边近视眼镜的顽皮小孩,平时那样的不用功,那样的爱看小说——他平时拿在手里的总是一卷有光纸上印着石印细字的小本子——而考起来或作起文来却总是分数得最多的一个。"

这说的是哪个学霸?噢,不是学霸,是诗人,这个"顽皮小孩"就是在杭州府中读中学的徐志摩,当时十四岁。

写这话的人是谁?是徐志摩的一个人称"怪物"的同班同学,姓郁,名达夫,就是后来以写小说出名的那个。

231

世界上最没有风景的地方在哪里?

作家余华的答案是：在别人的嘴巴里。

1978年，余华在海盐县武原镇卫生院做了一个牙科医生，他很不喜欢这份工作，因为"每天八小时的工作，一辈子都要去看别人的口腔，这是世界上最没有风景的地方，牙医的人生道路让我感到一片灰暗"。

不做牙医做什么？卫生院对面就是海盐县文化馆，文化馆的人竟然不用上班，当然更不用每天看别人的口腔，这太让余华羡慕了。但文化馆的人要么会画画，要么会音乐，这些余华都不会，唯一可能的就是写作。于是，余华开始写作了；于是，余华如愿以偿进了文化馆。

余华给了我两个启示：一是做不了医生就做作家，远有鲁迅，近有余华；二是不想上班就做作家，可见"人类因懒惰而进步"这话确有道理。

232

画画的，总讲究个风雅，画的不是梅兰竹菊，就是翎毛山水。但嘉兴却有一个画家，俗得可以，他竟然专门画肉。

画肉倒也罢了，他画的肉，还是人肉，甚至是内脏，比如心脏、肝脏、肠胃，还有血管、皮肤、脂肪，画得那叫一个逼真。这么说吧，他画的肉，挂在自己家里，养的猫就要扑上去。

这个画家叫周舒扬，是专门给医学书籍画插图的，在这一行内也算是男神级的人物了。

据说，周舒扬为医学期刊文献配的图，一幅在一千元到三四千元不等。也就是说，假如他画一块五花肉的话，价钱可以买一头猪了。

233

中国最好的诗是什么诗？废话，当然是唐诗啦，难道还是"梨花体""羊羔体"？

读到这么好的诗应该感谢谁？废话，当然是李白杜甫他们啦，难道要感谢"穿过大半个中国来睡你"？

对，都对。但李白、杜甫离开我们一千多年，是谁让他们的诗流传下来？对了，还要感谢编诗集的人。没有他们穿珠成链，这些珍珠早就风流四散了。

所以我们要感谢《唐诗三百首》，而《唐诗三百首》是从康熙时的《全唐诗》来的。好，重点来了，《全唐诗》是怎么编出来的？

《全唐诗》是从一部叫《唐音统签》的大部头唐诗全集中摘来的，共一千零三十三卷，基本上把明朝时能看到的唐诗一网打尽了，是当时最全的唐诗"数据库"。

《唐音统签》的编者，就是（敲黑板）——胡震亨，一个明朝万历年间的海盐人。

胡震亨谦虚地说："我不会写唐诗，我只是唐诗的搬运工。"

234

"秦淮八艳"之一的董小宛，当年清兵入关时，跟随着"复社四公子"冒辟疆逃难到海盐澉浦,这在冒辟疆的《影梅庵忆语》中有记载。当然,这不是重点,重点是为什么要逃到海盐?

因为海盐是董小宛的家乡嘛。南社社员、海盐人张树屏曾考证说,董小宛老家在淡水村慷慨桥。董小宛父系庠生,曾为塾师,家道清贫。因父早逝,家道中落,才卖身为妓。详细考证过程我就不说了。当然,这也不是重点,重点是董小宛在海盐留下什么没有?

有,还真有。海盐南北湖有"小宛桥",就是因董小宛避难而得名。前些年,有农家在墙基处发现一块石碑,上面是"董小宛葬花","花"字处断裂,下面当然是个"处"字。"董小宛葬花处",董小宛在这里葬过花呵。当然,这也还不是重点,重点是,有"民科"人士从"葬花"两字看出了玄机。"葬花"谁最有名?不就是那个《红楼梦》中的林黛玉嘛。像啊,太像了。都是美人,还都是病美人,都在苏州生活过,都精通书画歌赋,这董小宛不就是林黛玉么!

还真有好几位民间学者写了文章,论证董小宛乃林黛玉之原型。这也不是重点,真正的重点是,这林黛玉的原型董小宛是海盐人,简称"林黛玉是海盐人"。

235

什么叫文化自信?我说个故事你听听。

吴镇,就是那个与黄公望、王蒙、倪瓒合称"元四家"的大画家,嘉善人。吴镇画好,但脾气大,或许还有点"社交恐惧症",不喜与人交往,混得比现在的一个省级会员还不如,只好卖卜为生。

吴镇的对门也是一个画家，叫盛懋，画得当然也很好。他这里天天有人上门求画，门槛踏破，而近在咫尺的吴镇却是门可罗雀。唉，你说同是画家，还是邻居，差别咋就那么大呢？

吴镇的妻子看不下去了，半开玩笑半当真地调侃吴镇说，你看人家隔壁老王，啊不，老盛，那才叫画家。你啥时能画出盛懋的名堂来？

吴镇淡淡一笑，说，二十年后就不会是这样了。

明以后，吴镇声名鹊起，愈来愈盛，而盛懋却慢慢地沉寂下去了。

236

一个人，即使是名家，在世人眼里与在家人、邻居眼里，未必一样。刘邦做了皇帝，回到乡里人家照样叫他"刘三"。譬如茅盾吧，当年在上海滩上混出了名堂，算是全国有名的小说家了，但回到乌镇又是怎样呢？不妨看看：

当已经成名的茅盾坐了火轮船回到故乡乌镇，从来惊不破一池死水，大家连"茅盾即沈雁冰"的常识也没有，少数通文墨者也只道沈家的德鸿是小说家。"小说家"，比不上一个前清的举人，而且认为沈雁冰、张恨水、顾明道是一路的，概括为"社会言情小说"，广泛得很。

茅盾回家，旨在省母，也采点《春蚕》《林家铺子》这类素材。他不必微服便可出巡，无奈拙于辞令，和人兜搭不热络，偶上酒楼茶馆，旁听旁观而已，人又生得矮瘦，状貌像一小商人，小商人们却不认他为同伙。

在乌镇人的口碑里，沈雁冰大抵是个书呆子，不及另一个乌镇文

嘉兴有意思

人严独鹤。严是《申报》主笔,同乡引以为荣,因为《申报》是厉害的,好事上了报,坏事上了报,都是天下大事,而小说,地摊上多的是,风吹日晒,纸都黄焦焦,卖不掉。

但也有人慕名来找沈雁冰,此人决意要涉讼,决意少花涉讼费,便缘亲攀故地恳求茅盾为他做一张状纸。茅盾再三推辞,此人再四乞求,就姑且允承下来,而这是需要熟悉律例和诉讼程序,还得教当事人出庭时的口供。小说家未必精通此类八股和门径,茅盾写付之后,此人拿了去请土律师过目,土律师哈哈大笑,加上职业性的嫉妒,一传二二传三,"沈雁冰不会做状纸"成为乌镇缙绅学士间历久不衰的话题,因为人们从来认为识字读书的最终目的是会做状纸,似乎人生在世,为的是打官司。

茅盾当然不在乎此,燕雀何知鸿鹄之志,无非是落落寡合,独步小运河边,凝视浑绿的流水在桥墩下回旋,心中大抵构思着什么故事情节,不幸被人发现而注意了,又传开一则新闻,"沈雁冰在对岸上看河水半天,一动勿动"。

这几则如此传神,造是造不出来的。写的人据说跟茅盾有点沾亲带故,也常有来往,还同是乌镇人,更是著名的文学家。他叫木心,这是他在《塔下读书处》中所记述的。一读之下,大跌眼镜啊。

237

文学大家木心教人文学,有厚厚两大本的《文学回忆录》为证,影响不可谓不大。但木心教人如何写信,就不大为人所知了,他教得还

特别的细心:

一、信纸宜用一个规格的,不可忽大忽小,忽厚忽薄。行草遵古碑帖,勿自出主张,使人无从揣摩。

二、对并辈小辈可用"如晤",对长辈应用"尊前"。

三、勿忘页码。

四、"撰安"宜并辈,不宜长辈。

五、学生不能用"晚"。晚,是一般的泛称。师生之间亦不宜用"顿首""拜"(俗用"叩上",今可免去)。最不可疏忽的是具名之下要加某月某日,俾查考。"乙酉夏日"者,大错。

老一辈的规矩真是大啊,连"勿忘页码"也一本正经地提出来。现在的人倘能动笔写个信,就可以当件事来说说了,还讲究"如晤"与"尊前"?

238

海宁人张宗祥是著名的学者、书法家。他任浙江教育厅厅长时,有年,通过考试选拔读清华的学生。一时说情的书信和电报雪片似的飞来,桌子上"积之数寸",全是头面人物。主持考试的官员哪见过这阵势,一时手足无措,去问张宗祥怎么办。张宗祥想了想,说了八个字:

我考儿子,不考老子。

239

都知道海宁人蒋百里是著名的军事家,其实"兵神"当年也是一个

"文艺青年"。他三十多岁时写了一本《欧洲文艺复兴史》,这是我国有关文艺复兴的第一本著作。

这样有意思的大作,自然要请名家作序。蒋百里请的是他的老师,天下闻名的梁启超。梁启超一看来劲了,洋洋洒洒,一发不可收。写完一看傻眼,序竟然跟正文的字数差不多。

罢了罢了,梁启超只得另写一序,而把这数万字的序当作一本书,这就是学术史上的名著《清代学术概论》。这《清代学术概论》的序,反过来又请蒋百里来作。

真是有才、任性。

240

扪虱而谈是一个有名的典故,连鲁迅也说:"扪虱而谈,当时竟传为美谈。"

当年也有两个海宁人扪虱而谈,只不过他们穷,没人为他们去传扬。不过,毕竟他们是扪过虱的人,日后都成了杰出的人物。

这两人一个姓张,一个姓蒋,是同年、同学。蒋同学到双山书院看书,晚上就借宿在张同学家。两人同榻而卧。第二天,张同学的祖母倘若发现床上有虱子,必定要叫着他们的小名"冷宝""福宝",让这两个"宝"坐在门槛上,对着阳光捉虱子。

年长后,这捉虱子的两人,一个成了军事家,一个成了大学者,当时海宁人称:"武有蒋百里,文有张宗祥。"

241

大哲学家黑格尔有部著作叫《历史哲学》,在这本书中,这位刻板的德国古典哲学家,提到了中国的一本才子佳人小说,而这本小说,正是一个嘉兴人写的——世界真奇妙是不是?

黑格尔是这样说的:"特别可以引证亚培·累睦扎所翻译的《玉娇梨》,那里面说起一位少年,他修毕学业,开始去猎取功名。"

这《玉娇梨》,现在可能知道的人不多,当年却是很有名的一部小说,出版后不久就译成了法文,书名比较搞笑,叫《两个表姐妹》,紧接着又出现了英文和德文译本,也算是有国际影响的名著了。所以鲁迅先生在《中国小说史略》里说:"在外国特有名,远过于其在中国。"

《玉娇梨》的作者署名"荑荻山人",这荑荻山人就是清朝时的嘉兴人张匀。对于这个张匀,我一无所知,只知道,凭着《玉娇梨》当年在国际上的影响力,那时要有诺贝尔文学奖,多半就是张匀了。

242

学国画,都讲究个师承来历。倘要说谁是中国最有名的师父,不好说,但要说谁是学生最多的师父,则毫无疑问,是一个嘉兴人,名叫王概。

王概?没听说过啊。没关系,《芥子园画谱》你总知道吧,作者正是王概。凡学国画,必定要从临摹《芥子园画谱》开始。这部书,从清初开始到现在,学过的人,少说也有几百万吧。哪个绘画大师的学生有那么多?

《芥子园画谱》是黑白刊印的。前几年,有个画家与时俱进,给《芥子园画谱》着了色。这彩版《芥子园画谱》也是风靡一时。说来也巧,这画家也是嘉兴人,叫吴蓬。这几年,桐乡专门设立了个"吴蓬艺术院"。

图书在版编目(CIP)数据

嘉兴有意思 / 杨自强著. —杭州：浙江工商大学
出版社，2018.9
　ISBN 978-7-5178-2892-1

　Ⅰ. ①嘉… Ⅱ. ①杨… Ⅲ. ①杂文集－中国－当代
Ⅳ. ①I267.1

中国版本图书馆 CIP 数据核字(2018)第 183796 号

嘉兴有意思

杨自强 著

出 版 人	鲍观明　汪海英	
策划编辑	沈　娴　方晓阳　方　杏	
责任编辑	沈　娴	
插　　图	缪梦阳	
封面设计	未　氓	
责任印制	包建辉	
出版发行	浙江工商大学出版社	
	(杭州市教工路 198 号　邮政编码 310012)	
	(E-mail:zjgsupress@163.com)	
	(网址:http://www.zjgsupress.com)	
	电话:0571－88904980,88831806(传真)	
排　　版	杭州朝曦图文设计有限公司	
印　　刷	安徽新华印刷股份有限公司	
开　　本	889mm×1194mm　1/32	
印　　张	5.125	
字　　数	110 千	
版 印 次	2018 年 9 月第 1 版　2018 年 9 月第 1 次印刷	
书　　号	ISBN 978-7-5178-2892-1	
定　　价	68.00 元	